비 그친
오후의 헌책방 2

続・森崎書店の日々

ZOKU MORISAKI SHOTEN NO HIBI

by Satoshi YAGISAWA

© 2011 Satoshi YAGISAWA

All rights reserved.

Original Japanese edition published by SHOGAKUKAN.

Korean translation rights in Korea arranged with SHOGAKUKAN

through THE SAKAI AGENCY and DANNY HONG AGENCY.

비 그친
오후의 헌책방 2

야기사와 사토시 소설 | 이소담 옮김

일러두기

· 본문의 주석은 모두 옮긴이의 것이다.

· 장편소설은 『』, 단편소설과 노래 제목은 「」로 구분했다.

/

일을 쉬는 날, 늘 다니던 익숙한 골목을 걸었다. 화창하고 평화로운 분위기가 감도는 10월의 따사로운 오후. 느슨하게 두른 얇은 머플러 아래로 살짝 땀이 맺히는 게 느껴졌다.

바쁜 평일 낮에도 이 거리는 사람들이 나처럼 느릿느릿한 발걸음으로 길을 지나간다. 그러다가 때때로 걸음을 멈추고 바로 옆 서점에 빨려 들어가듯 소리 없이 사라진다.

도쿄의 진보초. 거리에 있는 거의 모든 가게가 서점인 조금 독특한 거리. 죽 늘어선 각각의 헌책방은 미술서나 연극 각본, 역사서, 철학서, 심지어는 전통 장정본이나 옛지도 같은 희귀 물품을 취급하는 곳도 있을 정도로 서점마다 독자적인 개성을 뽐낸다. 이곳의 서점을 전부 합치면 170곳이 넘는다고 한다. 거리에 책방만 내리 이어지는 광경이 제법 장관이다.

큰길 하나만 건너면 오피스빌딩이 늘어선 거리인데, 이 일대만은 정취 있는 건물이 이어진다. 주변의 간섭에서도 멋드러지게 동떨어져 있다. 마치 다른 시간 속에 존재하는 것처럼 고즈넉한 분위기에 감싸인 채. 그래서 마음 가는 대로 걷기만 하는데도 순식간에 시간이 지나곤 한다.

내가 가고 있는 곳도 이 거리의 한 모퉁이에 있다. 헌책방들이 늘어선 큰길을 쭉 걸어 조금 앞의 골목으로 들어가자마자 보이리라.

이름은 모리사키 서점. 일본 근대문학을 전문으로 다루는 헌책방이다.

"야아, 다카코. 여기다, 여기."

골목으로 접어들자마자 나를 부르는 들뜬 목소리가 들렸다.

검은 테 안경을 낀 자그마한 몸집의 중년 남자가 나를 향해 크게 손을 흔들고 있었다.

"정말, 기다리시지 말라고 전화로 얘기했잖아요. 내가 어린아이도 아니고."

허둥지둥 다가가 목소리를 낮춰 항의했다. 아무튼 늘 이런 식이라니까. 무슨 어린아이를 대하는 것처럼. 나도 벌써 스물여덟 살이나 먹은 사람이다. 대로변에서 큰 소리로 크게 이름을 불리면 당연히 부끄럽다.

"하지만 아무리 기다려도 안 오잖니. 길을 잃기라도 했나 걱정했어."

"그렇다고 앞에 나와서 기다리실 것까진 없잖아요. 게다가 벌써 몇십 번을 왔는데 길을 잃을 리가 있어요?"

"음, 그야 그렇지만. 다카코 너는 조금 맹한 면이 있으니까."

나는 그 말에 맹렬히 반응하며 곧바로 받아쳤다.

"그건 삼촌이죠. 거울을 한번 잘 들여다봐요. 맹하고 칠칠치 못한 아저씨가 거울 속에서 삼촌을 바라보고 있을 테니까."

이 사람은 모리사키 사토루. 우리 엄마 쪽 삼촌으로, 이곳 모리사키 서점의 3대째 주인이다. 다만 다이쇼시대 1912~1926에 외증조할아버지가 시작한 초대 점포는 이미 사라졌고, 이 모리사키 서점은 40년쯤 전에 새로 지었다고 한다.

사토루 삼촌은 풍모에서부터 수상쩍은 분위기를 풍긴다. 언제나 꾸깃꾸깃한 옷을 입고, 샌들을 대충 신고, 머리카락은 태어나서 단 한 번도 손질한 적 없는 것처럼 덥수룩하다. 게다가 하는 이야기는 늘 기묘한 데다 어린아이처럼 뭐든 생각나는 걸 그대로 말하는 식이다. 한마디로 도무지 종잡을 수 없는 인물이다.

그래도 진보초라는 살짝 특수한 이 거리에서는 진귀하고 익살스러운 풍모와 성격이 좋은 방향으로 작용하는지, 신기하게도 여기선 호감을 주는 요소가 되어 외삼촌을 모르는 사람을 찾는 게 어려울 정도다.

그런 외삼촌의 가게인 모리사키 서점은 전통적인 목조로 된 2층집에 딱 봐도 '헌책방'처럼 예스러운 정취를 풍기는 가게다. 실내도 좁아서 한 번에 손님 다섯 명이 들어가면 꽉 찬다. 게다가 책장 선반만으로는 부족한지 책장 위, 벽, 심지어 계산대 안쪽에도 책이 그득 쌓여서 헌책 특유의 퀴퀴한 곰팡내가 난다. 선반에는 기본적으로 100엔부터 500엔짜리 저렴한 책이 꽂혀 있는데, 유명 작가의 초판본 같은 희귀 서적도 다룬다.

할아버지 대부터는 헌책을 찾는 인구 자체가 줄어 고난이었던 시기도 꽤 있었다고 들었다. 그래도 여전히 이렇게 영업을 이어가는 것은 이 서점을 사랑하고 애용하는 손님들이 아직 남아 있는 덕분이다.

내가 이곳을 처음 찾은 것도 벌써 3년 전이다.

그때 외삼촌은 나한테 비어 있는 가게 2층 방을 내어주며 이렇게 말해주었다.

"네가 원하는 만큼 얼마든지 여기에 있어도 돼."

여기에서 지낸 날들을 지금도 또렷하게 기억한다. 그때 나는, 지금 생각하면 너무도 시시한 일 때문에 완전히 자포자기한 나날을 보내고 있었다. 외삼촌에게도 심하게 화풀이했고, 비극의 여주인공이 된 기분으로 방에 틀어박혀 혼자 울기도 했다. 그런데도 외삼촌은 참을성 있게 나를 대해주었고 다정한 말을 잔뜩 들려주었다. 또 책을 읽는 일이 얼마나 자극적이고 가슴 뛰는 체험인지, 내 감정을 솔직하게 바라보는 것이 살아가는 데 얼마나 중요한지를 몸소 가르쳐주었다.

당연히 진보초라는 이 거리를 알려준 사람도 외삼촌이다. 처음에 서점만 잔뜩인 이 거리의 풍경을 마주하고 당혹스러워하던 내게 외삼촌은 마치 자기 자랑이라도 하는 것처럼 들떠서 말했다.

"이 거리는 오랜 세월 동안 문호들에게 사랑받은 세계 최고의 책방 거리야."

솔직히 그때는 전혀 이해가 안 됐다. 그게 왜 그리 자랑스러워할 일인지도 몰랐다. 하지만 그 나날들을 겪은 지금은 외삼촌의 말을 이해할 수 있다.

이 거리가 세상에 둘도 없는 자극적이고 매력 가득한 거리라는 것을.

"거기, 둘 다 밖에서 뭐 하고 있어?"

외삼촌과 둘이 서점 앞에 서서 옥신각신하는데 안에서 큰 소리가 들렸다. 들여다보니 머리를 가지런히 짧게 자른 여자가 계산대에 앉아 불쾌한 듯 이쪽을 보고 있었다. 모모코 외숙모다.

"뭐냐고, 둘이 놀기나 하고. 왔으면 빨리 들어오란 말이야."

외숙모는 속이 타는 표정으로 손짓했다. 혼자 안에서 기다리느라 심심했나 보다.

모모코 외숙모는 당연히 사토루 삼촌의 아내다. 시원시원하니 대쪽 같은 성격으로, 나이로 따지면 외삼촌과 별로 차이가 나지 않을 텐데 한참 더 젊어 보인다. 외숙모에게는 외삼촌도 도무지 당해내지 못해 말 잘 듣는 개처럼 얌전해질 때가 종종 있다. 외숙모와 함께 있을 때만 볼 수 있는 외삼촌의 면모다.

사실 모모코 외숙모는 어떤 사정으로 5년 정도 외삼촌과 떨어져서 살았는데 한 달쯤 전에 무사히 돌아왔다. 그 후로는 외삼촌과 함께 이렇게 서점을 꾸리고 있다.

"애, 다카코. 요즘은 어떻게 지내니?"

모모코 외숙모가 생긋 웃으며 물었다. 외숙모는 자세가 반듯한 것이 참 멋진데, 스웨터에 긴 치마를 입은 평범한 차림새여도 왠지 모를 품격이 있다. 외숙모의 지나칠 정도로 호쾌한 성격은 그다지 닮고 싶지 않지만, 우아한 모습은 조금 동경한다.

"음, 평온무사랄까요. 일도 순조롭고요. 외숙모는요?"

"그야 아주 건강히 지내지."

모모코 외숙모가 뽀빠이처럼 두 팔로 알통을 만드는 시늉을 했다.

"그렇구나. 정말 다행이에요."

일단 안심했다. 모모코 외숙모는 몇 년 전에 큰 병을 앓아 지금도 예후를 지켜보는 중이다. 외삼촌도 외숙모의 몸 상태를 상당히 신경 쓰는데, 걱정을 과도하게 달고 사는 탓에 오히려 외숙모가 성가셔하고 있다.

"찹쌀떡 있는데 먹을래?"

"와, 좋죠. 먹을래요."

모모코 외숙모가 안으로 들어간 걸 확인한 외삼촌이 내게 작은 목소리로 투덜거렸다.

"모모코가 가게에 있으면 답답해서 미치겠어. 혼자 있는 게 훨씬 편해."

"그래도 진짜 혼자 있으면 쓸쓸해하시잖아요."

내가 놀리자, 외삼촌이 어린아이처럼 발끈해서 바로 반론했다.

"허튼소리 하지 마. 애초에 저 사람이 계산대에 앉아 있으면 나는 어디 있어야 하냐고. 요즘은 집 지키는 개처럼 입구에서 왔다 갔다 한다니까."

"설마 그래서 오늘도 서점 앞에 있었던 거예요?"

"그러니 좀 이해해 다오."

심각한 표정으로 한심한 소리를 하더니, "그보다 말이다, 다카코" 하고 외삼촌은 귀엣말하듯 내게 속삭였다.

"뭔데요?"

"얼마 전 경매에서 썩 좋은 물건을 구했어. 아직 가게에는 내놓지 않았는데 특별히 보여줄 수도 있지."

말은 이렇게 하지만 사실 자기가 보여주고 싶어 안달이 난 거다. 그렇지만 나도 이런 일에 완전히 익숙해져서 꽤 두근거리긴 한다. 어쩌면 혈통일지도 모른다는 생각이 든다. 오늘처럼 이렇게 쉬는 날 종종 가게에 찾아오는 것도 그런 목적 때문이다.

"보고 싶어요!"

나는 무심코 소리 높여 말했다.

"뭐야, 모처럼 차를 끓여 왔는데."

모모코 외숙모가 주전자를 손에 들고 질린다는 표정으로 나와 외삼촌을 봤다.

"여긴 서점이야. 책 아니면 뭘 보여주겠어. 그렇지, 다카코?"

외삼촌이 당당하게 말했다.

"그럼요. 맞아요, 맞아요."

나도 외삼촌의 말에 동의하며 웃었다. 모모코 외숙모
는 불만 가득한 얼굴로 나를 보더니 퉁명스럽게 말했다.

"하여간, 둘이 얄밉다니까."

이곳이 내가 사랑하는 서점, 모리사키 서점이다.

그때 그 시절부터 이 서점은 이미 내 일상의 일부가 되
었다. 여기에는 소소하고 자그마한 이야기가 잔뜩 차 있다.

그러니까 나는 앞으로도 이곳을 몇 번이고 찾아오겠지.

2

 모리사키 서점은 일본 근대문학 전문점을 표방하는 곳
이다. 현대소설도 다루긴 하지만, 서점 입구에 설치한 수
레의 100엔 균일가 코너에 모아둘 뿐이다. 서점 안에는 기
본적으로 메이지시대1867~1912부터 쇼와시대1926~1989 초
기 소설만 둔다(그래서 가게 안은 습한 곰팡내로 충만한데, 뭐
그건 어쩔 수 없다).

 특수한 서적을 다루는 덕분인지 손님도 조금 독특한
사람이 많다.

 지금이야 완전히 익숙해졌지만 처음에는 나도 꽤 당황
했다.

대하기 어렵다는 것과는 의미가 다르다. 오히려 이런 손님들은 전혀 해롭지 않은 사람이 대부분이다. 그냥 조금 독특하다. 그것뿐이다. 보통 말수가 적고, 오로지 열중해서 책을 찾다가 돌아간다. 아무래도 나이가 있는 남자가 압도적으로 많은데, 다들 반드시 단독으로 행동한다. 평소 어떤 생활을 하는지 전혀 상상이 되지 않아서, 사실은 인간이 아니라 해롭지 않은 요정이나 요물 같은 존재라고 해도 의외로 납득되는 분위기가 있다.

나는 놀러 올 때마다 여전히 그 손님들이 건강히 가게를 찾고 있는지 왠지 신경이 쓰인다. 별로 친하지도 않으면서 문득, 그분들이 건강하면 좋겠다고 생각한다. 같은 서점을 사랑하는 인간으로서 공감하는 감정도 있고, 고령자가 많다 보니 아프진 않은지 걱정도 된다.

그래서 서점 일을 도우러 올 때, 독특한 손님 중에 낯익은 이가 오면 속으로 '와, 건강해 보이시네' 하고 남몰래 안도하기도 한다.

그중에서도 종이봉투 할아버지는 내가 2층에 살며 서점에서 일하던 시기에 가장 신경 쓰였던 인물이다.

종이봉투 할아버지는 별명대로 매번 닳아빠진 종이봉

투를 두 손에 들고 찾아온다. 백화점 봉투일 때도 있고 산세이도 같은 대형 서점의 봉투일 때도 있다. 다른 서점을 먼저 들르는지, 종이봉투는 헌책으로 가득 차 있을 때가 많다. 가느다란 팔로 들기에는 몹시 무거워 보인다. 또 반드시 와이셔츠 위에 쥐색 스웨터를 입는다.

그게 다라면 그렇게 기묘해 보이지는 않을 텐데, 문제는 그 쥐색 스웨터에 있다. 왜냐하면 해진 수준이 아니라 입는 것이 기적일 정도로 넝마에 가까운 물건이기 때문이다. 할아버지 본인에게서는 불결한 느낌이 전혀 없고 오히려 깔끔한 인상을 주는데, 오로지 스웨터만 유적에서 발굴한 것처럼 가히 엄청난 상태다.

처음 봤을 때는 충격이 컸다. 가게에서 묵묵히 책을 고르는 모습을 힐끔힐끔 훔쳐보며 "할아버지는 책보다 옷을 사시죠!"라고 몇 번이나 외칠 뻔했다. 그래도 할아버지는 내 생각 따위 아랑곳하지 않고 열 권쯤 되는 책을 사서 종이봉투에 욱여넣은 뒤 말없이 가게에서 나갔다.

그때 이후로 나는 할아버지가 올 때마다 시선을 떼지 못했다. 일주일에 몇 번이나 올 때도 있고, 한 달쯤 오지 않을 때도 있다. 할아버지의 복장은 매번 같았다. 두 손에는 이미 책으로 꽉 찬 종이봉투가 당연하게 들려 있다. 때때로 모리사키 서점에서만 1만 엔 단위로 사서 갈 때도 있다. 그러나 스웨터는 점점 더 낡아갔다. 도대체 뭐 하는 사람인지 궁금해 미치겠는데, 이쪽에서 말을 걸 정도의 용기는 없으니까 언제나 묵묵히 뒷모습을 지켜봤다.

"매번 저렇게 사서 가시는데요. 혹시 어디 다른 동네에서 헌책방을 하는 분일까요?"

어느 날 그렇게 묻자, 외삼촌은 "아니, 저건 본인이 읽으시려고 사는 거야"라고 자신만만하게 대답했다.

"오오, 외삼촌에겐 역시 차이가 보이나 봐요."

"그야 뭐, 저런 것쯤은 싫어도 알게 되거든."

정말 그럴까. 나는 전혀 구분하지 못하겠다. 참고로 외삼촌은 처음 보는 손님이 가게에 들어오면, 척 보기만 해도 그 손님이 책을 사러 왔는지 단순히 산책하다가 훌쩍 들렀는지 알겠다고 한다. 오랜 세월에서 오는 감이라고 한다.

"그러면요."

나는 호기심이 넘쳐 물었다.

"저 할아버지, 뭐 하는 사람일 것 같아요? 삼촌은 그런 것도 아는 거 아니에요? 혹시 책을 하도 사느라 돈이 없어서 옷을 못 사는 사람이거나?"

"요 녀석이."

외삼촌이 어린아이를 나무라는 말투로 말했다.

"그런 식으로 손님을 괜히 탐색하면 안 돼. 서점은 책을 원하는 사람에게 책을 팔면 그만이야. 손님이 무슨 일을 하고 어떤 인생을 사는지 우리가 신경 쓸 게 아니다. 서점 직원이 자기 신상을 캐는 걸 알면 저분이 기분 좋겠니?"

외삼촌의 말은 손님 장사를 하는 사람으로서 지극히 옳은 의견이었으므로 나도 반성했다. 평소에는 실실거려도 역시 오랜 세월 헌책방 주인을 해온 만큼 해야 할 때는 단호하게 말한다. 그럴 때 외삼촌은 아주 조금 멋있다.

아무튼 그런 이유로 그 할아버지의 신원은 여전히 수수께끼다.

이런 독특한 손님들은 책을 원하는 이유에도 저마다의 개성이 있다. 그것도 매우 흥미로운데, 단순히 헌책을 원하는 데도 다양한 사정이 있다 싶어 감탄이 나온다.

예를 들어 오로지 희귀본을 모으는 것 자체가 목적이어서 동서고금, 장르 불문하고 진귀한 책만 수집하는 사람이 있다. 이 일대에서도 유명한 수집가가 온 적이 있는데, 우리 상품이 만족스럽지 않았는지 "아무리 명작이라도 희귀본이 아니면 졸작이나 마찬가지야"라는 소리를 내뱉고 가서 여우에 홀린 기분이었다.

또 이른바 '세도리せどり'라는 사람들도 있다. 가치 있는 책을 저렴하게 사서 다른 헌책방에 팔아 차액을 얻는, 한마디로 헌책을 사서 장사하는 사람이다. 이런 사람은 작품성 같은 거엔 관심 없고, 애초에 본인은 책을 읽지도 않는다. 그 밖에도 소설이 아니라 문장 옆에 삽화를 그리는 무명 화가가 목적이라 얼마 안 되는 정보에 의지해 오로지 그림만 찾는 사람도 있고, 초판본만 책장에 꽂고 싶다는 이유로 원하는 책일지라도 초판본을 찾을 때까지 절대로 사지 않는 사람도 있다.

그중 최고봉은 내가 서점에 있을 때 딱 한 번 왔던 노인이다.

그 할아버지는 해 질 무렵에 홀쩍 서점에 들어와서 제일 고가의 책이 꽂힌 안쪽 선반으로 곧장 가더니, 책을 꺼내서는 판권면(즉, 마지막 페이지)만 보고 다시 꽂아놓는 행동을 반복했다. 때때로 손을 멈추고 판권면 한 지점을 빤히 바라보고는 고개를 끄덕이거나 싱글벙글 웃기도 했다. 솔직히 그 모습은 꽤 기분 나빴다.

노인은 선반에 꽂힌 모든 책의 점검을 마치더니 홀쩍 가게에서 나갔다. 나는 옆에 있던 외삼촌의 소매를 붙잡고 저게 대체 뭐 하는 짓이냐고 물었다.

"아아, 저건 검인을 확인한 거야."

외삼촌은 별로 드문 일도 아니라는 듯 장부에서 시선을 떼지 않고 대답했다.

"검인 수집가. 우리 서점에는 잘 안 오는데 이 일대에서 꽤 유명한 사람이야. 이름이 아마 노자키 씨였나."

"검인 수집가?"

익숙하지 않은 단어여서 나는 고개를 갸웃거렸다.

"그래, 검인이란 판권면에 찍는 도장을 말해."

외삼촌이 장정이 꽤 오래된 책을 한 권 뽑더니 마지막 페이지를 내게 보여주었다. 다자이 오사무의 『인간 실격』이다. 거길 보니 판권면 왼쪽 아래에 '다자이'라고 빨간 도장이 찍혀 있었다. 제본 공정에 수작업이 많이 들어갔던 옛날 책에는 보통 저자가 부수 확인이나 발행 승인을 했다는 증거로 이 검인을 찍었다고 옆에서 외삼촌이 설명해 주었다. 보통은 이 책처럼 성씨를 도장으로 만드는데, 그림까지 정교하게 디자인한 도장도 있다고 한다.

그러니까 아까 그 할아버지는 이 검인이 목적인가 보다. 나는 지금 설명을 듣기 전까지 그런 도장 자체에 신경을 써본 적도 없다. 그나저나 대체 뭐 하러? 설마 이 검인을 오려서 우표처럼 앨범에 붙이고 밤이면 밤마다 들여다보며 히죽거리는 걸까.

"음, 뭐 그러지 않을까."

외삼촌이 천연덕스러운 얼굴로 말했다.

"아마 오려내는 게 싫어서 책 자체를 수집하는 사람도 있을 테지만."

"와, 진짜 마니악하네요."

세상에는 천체관측이 취미여서 우주의 광대함에 두근거리는 사람이 있는가 하면 검인 같은 지극히 작은, 게다가 모으기도 어려운 물건을 수집하는 것이 취미인 사람도 있구나. 왠지 넋이 나갈 것 같다.

"이런, 다카코 너한테는 자극이 좀 강했으려나?"

외삼촌은 마지막으로 이런 말을 하더니 곤혹스러워하는 나를 곁눈질하며 혼자 크게 웃었다.

"여, 실례하지."

기분 좋게 인사를 건네며 들어온 사람은 사부 씨였다.

손을 뒤로 돌려 요란한 소리를 내며 문을 닫고 "아이고, 오늘은 날씨가 좋아서 다키이 고사쿠라도 읽고 싶어지지 뭔가" 하는, 뜻 모를 이야기를 하며 다가왔다. 그러더니 당연하다는 듯이 계산대 앞에 놓아둔 의자에 털썩 앉았다. 외삼촌도 "어때요, 차라도 드시겠어요?" 하고는 익숙하게 차를 준비했다.

사부 씨는 모리사키 서점의 단골 중에서도 아마 제일가는 단골일 거다. 다만 가게 매출에 그렇게까지 공헌하지는 않는다. 그저 찾아오는 빈도가 제일 높을 뿐이다. 말하자면 그냥 눈요기하러 오는 단골손님이다. 땅딸막하고 통통하고 수다 떨기 좋아하는, 호인으로 보이는 아저씨로 나이는 정확하게 모르나 50대 중반쯤이다. 옆에만 남기고 가운데는 멋지게 벗겨진 대머리인데, 때때로 본인도 그걸 농담으로 써먹는다.

"응? 모모코 씨는 오늘 없나?"

사부 씨가 두리번두리번 가게를 둘러보며 외삼촌에게 물었다.

모모코 외숙모는 단골 아저씨들에게 유난히 인기다. 말도 잘 들어주고 말투가 시원시원한 면이 아저씨들의 마음을 완벽하게 사로잡았나 보다. 그래서 최근 모리사키 서점에는 외숙모를 보러 오는 손님이 급증하는 기묘한 현상이 생겼다. 사부 씨도 당연히 그런 사람들 중 하나로, 모모코 외숙모의 손바닥 위에서 데굴데굴 굴러다닌다.

"모모코는 지금 식당에 가 있어요."

외삼촌이 쓴웃음을 지으며 턱짓으로 문을 가리키자, 사부 씨가 금세 시시하다는 표정을 지었다.

"뭐야, 아쉽구먼."

얼마 전부터 모모코 외숙모는 서점에서 열 걸음도 안 되는 가까운 요릿집에서 저녁때부터 일을 돕고 있다. 요리사 한 명이 갑자기 일을 그만둬서 곤란했던 주인이 요리도 잘하고 접객도 뛰어난 외숙모에게 눈독을 들였다. 진위는 알 수 없으나 모모코 외숙모가 말하기를, 전과 비교하면 가게가 훨씬 번성하고 있다고 한다. 모리사키 서점 일이라면 몰라도 그렇게 바쁜 데서 일을 하다니 몸이 괜찮을지 걱정했는데, 외숙모는 "무슨 소리야, 이 정도는 당연히 괜찮지. 사토루도 다카코도 잔걱정이 많네"라고 말했다.

"안녕하세요."

사부 씨가 나를 아예 거들떠보지도 않아서 어쩔 수 없이 인사를 건넸다.

"어라, 다카코 짱도 있었군."

시야에 뻔히 들어왔을 텐데 지금 막 깨달았다는 듯이 사부 씨가 나를 쳐다봤다. 모모코 외숙모가 돌아온 이후로 대놓고 나를 소홀하게 대한다. 전에는 나를 유난히 마음에 들어 해서 "우리 아들한테 시집 와" 같은 소리까지 해대 약간 곤란했을 정도인데.

"오늘은 일을 도우러 왔어요."

"도우러 왔다라. 젊은 사람이 평일 낮부터 빈둥거리기나 하고. 일은 제대로 하고 있어?"

"너무하시네요. 우리 회사는 평일에 쉽게 휴가를 낼 수 있는 곳이라고요."

내가 발끈해서 대꾸하자 사부 씨가 쿡쿡 소리 내 웃었다. 사람은 좋아도 말을 함부로 하는 사람이라니까.

그런 한편 사부 씨는 이 일대에서 소식통으로 통하고, 본인도 그걸 자랑스러워한다. 그러니 가게에 오면 일단 외삼촌에게 모리사키 서점 단골들 사정을 이것저것 캐묻는다.

"다키카와 할아범은 요즘 어떻게 지내나?"

"아아, 요즘은 안 오시네요. 전에는 2주에 한 번은 반드시 오셨는데."

"어디 아픈 게 아니면 좋겠네."

"또 훌쩍 찾아오시면 안심될 텐데요."

"그럼 구루스 선생은? 그 선생, 연구비로 책값을 처리한다지? 교활하다니까."

"선생님이라면 이틀 전에 오셨어요."

"그럼 야마모토 씨는? 전에 이 사람, 장서가 5만 권이 되었다고 잔뜩 자랑해서 분했거든. 그거 틀림없이 허풍일 거야."

이런 식이다.

마지막에는 반드시 이렇게 이야기가 정리된다.

"그나저나 다들 나이를 먹었구먼. 이 가게도 새로운 손님이 오지 않아 큰일이야."

"아이고, 정말 그렇습니다."

외삼촌과 둘이서 뭐가 재미있는지 그런 소리를 하며 웃는다. 매번 이런 대화를 반복한다. 대체 왜 질리지 않는지 신기하다.

그나저나 예전부터 사부 씨에게 은밀하게 품은 의문점이 있었다.

도대체 뭐 하는 사람일까?

거리의 소식통을 자부하는 만큼 사부 씨와는 모리사키 서점뿐 아니라 진보초 일대 여기저기에서 밤낮 가리지 않고 마주친다. 늘 한가해 보이는데 분주한 모습을 본 적이 단 한 번도 없을 정도다. 게다가 아무리 저렴한 것만 산다지만 예전부터 책을 많이도 사들인다. 어지간히 넓은 집에서 산다면 또 모르지만, 그렇게 많은 책을 도대체 어디에 보관하는 걸까. 기모노가 잘 어울리는 아름다운 부인이 있는 것도 신기하다.

그쯤에서 자연스럽게 의문점 하나가 생겼다. 사부 씨는 무슨 일을 할까? 생각해 보면 이 사람이야말로 가장 수수께끼인 인물이다.

사부 씨는 이미 손님으로 취급되지 않는다. 그러니 물

어봐도 외삼촌에게 혼나지 않겠지.

그래서 나는 아까부터 차를 마시며 이러쿵저러쿵 대화를 나누는 두 사람 사이에 끼어들었다.

"사부 씨, 뭐 좀 여쭤봐도 되나요?"

"뭐야, 갑자기 새삼스럽게."

"저기, 사부 씨는 무슨 일을 하세요? 저보고 빈둥거린다고 하시는데 사실 제일 빈둥빈둥하는 건 사부 씨잖아요."

사부 씨는 내 질문을 줄곧 기다렸다는 듯이 하드보일드 소설 속 탐정처럼 입술을 올리고 히죽 웃었다. 엄청 짜증 난다.

"알고 싶어?"

맞은편 의자에서 몸을 내밀어 얼굴을 가까이 들이댔다. 진짜로 엄청 짜증 난다.

"네."

이야기를 꺼낸 걸 벌써 후회하고 있으면서도 나는 사부 씨가 원하는 대로 고개를 끄덕여 주었다. 사부 씨를 상대하는 건 이런 식으로 몹시 귀찮을 때가 많다.

"어떻게든 꼭 알고 싶어?"

"아니요. 그 정도는 아닌데요."

"뭐야, 무정하기는."

"아아, 정말이지. 네, 알고 싶어서 너무 알고 싶어서 미치겠어요. 알려주지 않으시면 오늘 밤에 잠을 못 잘지도 몰라요. 됐어요?"

"정말로?"

"네네, 알고 싶어요. 진짜로요. 그래서 도대체 무슨 일을 하시는데요?"

내가 진저리를 치면서 묻자, 사부 씨가 만족스러운 얼굴로 고개를 끄덕이더니 얼굴을 가까이 붙인 채 속삭이듯이 말했다.

"안. 가. 르. 쳐. 줘."

나는 금붕어처럼 입을 뻐끔거렸다. 그걸 본 사부 씨가 배를 부여잡고 으하하 크게 웃었다.

"저기요……."

뭐 이렇게 열받는 아저씨가 다 있지. 사람을 완전히 무시하고.

"뭐예요, 지금!"

"으하하, 걸작이야, 걸작."

"이 아저씨가 진짜……. 외삼촌, 외삼촌은 알아요?"

"아아, 내가 알기로……."

"안 돼, 사토루 씨!"

사부 씨가 고개를 격렬하게 좌우로 흔들며 허둥지둥 외삼촌을 말렸다.

"다카코 짱한테는 아직 일러."

"이런, 이거 죄송합니다."

"앗, 뭐예요, 정말."

"남자는 말이야, 베일에 가려진 부분이 많을수록 매력적이라고 하잖아. 그러니 자네한테는 안 가르쳐줄 거야. 내가 누군지 너무 궁금하고 궁금해서 꿈에서도 궁금해하면 좋겠거든."

"진짜 싫거든요. 됐어요. 아무래도 상관없어요."

"흥, 고집 센 여자구먼."

"아니요, 진짜 아무래도 좋아요. 두 번 다시는 안 물어볼 거예요."

나는 실망해서 말했다.

"그럼, 어디 다카코 짱도 마음껏 놀렸으니까 이만 돌아가 볼까."

사부 씨는 기세 좋게 차를 마시더니 가게에서 나갔다. 킥킥거리는 이상한 웃음소리와 함께.

　"정말이지. 왜 저래요, 저 사람."

　내가 기막혀하자, 외삼촌 역시 그 말에는 동의했다.

　"그래, 이상한 사람이지."

　하여간 정말이지, 모리사키 서점에는 이상한 사람들만 모인다.

3

"지로가 어디 갔지?"

저녁때가 되자 갑자기 외삼촌이 허둥거렸다. 좁은 서점 안에 큰 목소리가 막무가내로 울려 퍼졌다.

"배달하러 다녀온 뒤로 도무지 보이지 않네."

"제가 어떻게 알아요."

혼자 조용히 가게를 보며 독서하던 시간을 망친 내가 퉁명스럽게 대꾸했다. 외삼촌은 매번 이런 식으로 남이 책을 읽거나 말거나 상관하지 않고 말을 건다. 그런 쪽으로 생각이 전혀 미치지 못하는 사람이다.

모리사키 서점에서 보내는 시간은 언제나 즐겁지만,

외삼촌이 이렇게 성가시게 구는 게 흠이다. 전에 내가 여기 살았을 때는 외삼촌이 요통 치료를 위해 병원에 다녔으니까 둘이 부딪칠 시간이 적었다. 그러나 지금은 가게에 있는 시간엔 웬만하면 같이 있으니 계속 외삼촌을 상대해야 한다. 외삼촌의 가게니까 주인장을 방해꾼 취급하는 건 심한 처사일지도 모르겠다. 하지만 별것 아닌 일에도 흥분하는 사람이다 보니 이런 시시한 소동이 반드시 하루에 한 번은 생긴다.

"가게에서 나가기 전까지는 계속 여기 있었는데!"

외삼촌은 소란스럽게 가게 안을 돌아다녔고 계산대 안에 앉은 나까지 억지로 쫓아내며 필사적으로 주변을 뒤졌다.

"그러니까 모른다고요. 삼촌이 어디 던져뒀겠죠."

"지금 내게 지로는 목숨 다음으로 소중한 거야. 함부로 다룰 리가 없어."

엄숙하게 선언한 외삼촌이 갑자기 "아!" 하고 외치고는 2층으로 뛰어 올라갔다. 우당탕, 떠들썩한 소리가 아래까지 들렸다.

"하여간 모모코⋯⋯."

잠시 후 외삼촌은 계단을 쿵쿵 밟으며 갈색 방석을 품에 안은 채로 내려왔다. 방석 하나로 이렇게까지 난리를 치는 어른, 나는 이 사람 말고는 모른다.

최근 외삼촌은 요통에 더해 치루까지 생겼는지, 의자에 오래 앉아 있는 것이 "마치 고문" 같다나.

그러나 헌책방의 일은 의자에 앉아 손님을 기다리는 시간이 대부분이다. 이래서는 일을 못 한다. 곤경에 빠진 외삼촌을 구해준 것이 가운데에 구멍이 뚫린, 이른바 도넛 방석이었다.

그나마 방석이 통증을 크게 완화해 주는지, 외삼촌은 그 방석을 절대적으로 신봉했다. 그냥 방석이라고 부르면 사랑이 너무 부족하다는 소리까지 하며 치루 환자용이라는 이유로 방석에 '지로'라는 이름을 붙였다. 딱히 농담하는 게 아니라 본인은 어디까지나 진지하다. 진지 그 자체다.

"어여차."

외삼촌은 의자 위에 지로를 올리고, 액션영화 속 폭발물 처리반처럼 신중한 몸짓으로 엉덩이를 내렸다. 그러는 동안에도 투덜투덜 모모코 외숙모를 탓하며 중얼거리는 일을 잊지 않았다. 들어보니 조금 전 요릿집 일을 도우러

간 외숙모가 외삼촌이 배달하러 나간 사이에 지로를 베란다에 널었다가 그대로 방치한 모양이다. 그래서 외삼촌이 저렇게 잔뜩 화가 난 것이다.

"찾아서 다행이네요."

위기를 어떻게든 넘겨 한숨 돌린 외삼촌에게 의리상 일단 이렇게 말했다.

"나이를 먹으면 여기저기 문제가 생겨서 큰일이야."

"노인네처럼 그런 소리 하지 마요."

"진짜 노인네니까."

외삼촌이 풀 죽은 강아지 같은 표정으로 중얼거렸다.

"삼촌, 아직 40대시잖아요."

나는 어이없어하며 말했다. 늘 팔팔했던 사람이 치루 따위에 의기소침해 있는 게 좀 안되어 보였다.

"아직 한창이세요. 노인은 훨씬 더 나이 많은 사람이잖아요."

"그래도 이것만큼은 너무 힘들어."

치루의 고통은 치루 환자가 아닌 이상 몰라, 하며 외삼촌이 격언이라도 늘어놓는 것처럼 으스대며 말했다. 하긴, 치루는 항문 질환 중에서도 엄청난 통증을 동반한다고 하니까 고생이긴 할 것이다. 그래도 외삼촌이 말하면 전부 농담처럼 들린다.

"그렇지. 다카코 네 것도 장만해 주랴?"

"됐어요. 제가 지금 치질 환자도 아니고."

쌀쌀맞게 대답한 나는 슬슬 상대하는 것도 지친 참이라 더는 신경 쓰지 않기로 했다. 왜 내 것까지 장만한다는 건지 의도를 전혀 모르겠다. 설마 사부로*라고 이름을 지을 생각일까.

외삼촌에게는 이것 말고도 묘한 고집이나 집착을 부리는 게 몇 개쯤 있는데, 그게 하나하나 다 귀찮은 것들이다. 한 가지를 꼽자면, 집에서 먹는 카레는 반드시 바몬드 카레 순한맛이어야 한다고 40대 후반의 남자가 고집한다. 모모코 외숙모가 깜박하고 살짝 매운맛을 사 온 날에는 부루퉁해져서는 기분 상해 한다. 외숙모가 말하기를, 그 모습은 "엉덩이를 있는 힘껏 걷어차고 싶을 정도"로 성가시다는데, 나도 그 마음을 아주 잘 안다.

뭐, 아무튼 지로를 찾았으니까 삼촌도 조금은 조용해

* '지로'는 보통 둘째 아들에게, '사부로'는 셋째 아들에게 붙이는 이름이다.

지겠지. 나는 안심하고 다시 이야기 속 세계로 돌아가려 했다.

그러나 그런 생각도 잠시. 외삼촌은 악의 없는 미소를 짓더니 내 옆까지 의자째로 다가붙어 질리지도 않고 집적거리기 시작했다.

"어이, 다카코."

"······."

"무슨 책을 읽고 있니?"

"뭐예요, 진짜. 뭘 읽든 무슨 상관이에요."

내가 무시하고 화를 내도 외삼촌은 꿈쩍도 안 한다.

"오호, 오다 사쿠노스케로구나."

내 손에 들린 『부부단팥죽』을 자기 마음대로 살펴보고는 알겠다는 표정으로 고개를 끄덕였다.

"그 책, 좋아하니?"

"좋아해요. 지금 두 번째로 읽는 거예요. 네, 이제 됐죠? 독서 중이니까 방해하지 말아요."

그러나 외삼촌은 역시 내 말 따위는 들을 생각도 하지 않았다.

"이 사람도 서글픈 운명을 짊어진 작가 중 한 명이지."

먼 곳을 보듯 눈을 가늘게 뜨고 절절한 어조로 자기 혼자 말을 이었다.

"그래, 다카코도 오다 사쿠노스케를 좋아하는구나. 그렇지만 너는 이 남자의 인생에 대해 아직 아무것도 모르겠지. 아아, 그거참 안타까운 일이야."

이쯤 되면 이미 늦었다. 말하고 싶어서 안달이 난 게 훤히 보인다. 끝까지 들을 때까지 놔주지 않겠지.

외삼촌은 작품뿐 아니라 작가의 생애까지 이상할 정도로 잘 안다. 좋아하는 작가의 자서전이나 회상록, 전기, 서간집을 읽는 것을 세끼 밥보다도 더 좋아하니까. 이건 헌책방 영업과 상관없이 전적으로 외삼촌의 취미다. 작가가 어떤 인생을 걸어왔는지, 어떻게 살고 어떻게 사랑했는지, 어떻게 이 세상을 떠났는지, 외삼촌은 그런 것까지 포함해서 책이라는 대상을 사랑했다.

그 자체로는 멋지다고 생각한다. 그러나 외삼촌은 그걸 자기가 보고 오기라도 한 것처럼 남에게 들려주는 일을 좋아한다. 그 탓에 나도 다자이 오사무나 후쿠나가 다케히코, 사토 하루오…… 하여간 다양한 작가의 인생 스토리를 들었다. 물론 후세에 이름을 남긴 작가들의 인생이 어땠는지는 참으로 흥미로우나, 내게도 사정이 있다. 듣고 싶은 기분이 아닐 때도 있다. 그러나 외삼촌은 내 사정은 아랑곳하지 않고 일단 버튼이 눌리면 안경 너머 눈동자를 형형하게 반짝이며 본인이 만족할 때까지 떠들어 댄다.

나는 일부러 크게 한숨을 쉬고는(이래봤자 아무런 효과도 없지만) 포기하고 책을 덮었다. 책 읽을 시간을 잃고 말았다. 어쩔 수 없다. 이렇게 됐으니 어디 이야기나 들어보실까.

"사쿠노스케가 서글픈 운명을 짊어졌다고요?"

"아아, 그래."

"작풍에서도 어딘지 그런 느낌이 나긴 하죠."

"실제 체험을 바탕으로 한 작품이 많으니까."

외삼촌은 내가 말을 받아주자 아주 만족해서 고개를 힘있게 끄덕였다.

그러더니 오다 사쿠노스케의 인생을 열정적으로 말하기 시작했다.

외삼촌의 설명에 따르면, 사쿠노스케의 인생은 그야말로 고난의 연속이었다. 학창 시절에 결핵을 앓았고, 대학

교도 불운이 겹쳐 중퇴. 카페에서 일하던 가즈에라는 여성을 열렬히 사랑해 결혼하고 나서 소설가를 꿈꿨지만, 좀처럼 인정받지 못해 빈곤을 견디며 초조해하기만 하던 세월을 길게 보냈다. 그러다가 고생한 보람이 있었는지 『속취』나 『부부단팥죽』으로 마침내 소설가로서 인정받아 순풍에 돛을 단 배처럼 출항하지만, 몇 년 후 사랑하는 아내 가즈에가 병으로 쓰러져 세상을 떠난다.

……마치 드라마 속 주인공처럼 파란만장한 인생이다.

"가즈에를 떠나보낸 사쿠노스케는 남들이 보는 앞에서 울며 무너졌다고 해. 가즈에는 사쿠노스케가 인생에서 처음으로 열렬히 사랑했고, 또 그만큼 그를 사랑해 준 사람이었으니까. 마음의 지주를 잃은 사쿠노스케는 생활이 완전히 황폐해졌고 결핵 증상도 점점 심각해졌어. 본인도 죽음을 예감했겠지. 죽음의 고비를 맞은 가즈에에게 몇 년이 지나면 자기도 그쪽으로 가겠다고 울면서 말했다고 하니까. 그는 남은 시간을 술과 커피, 또 여자들에게 위로를 구하고 피를 쏟으며 소설을 썼어."

외삼촌은 미리 암기라도 한 것처럼 막힘없이 술술 말했다. 이 정도면 특기라고 할 수 있다. 나도 이야기에 푹 빠져서 넋을 놓고 외삼촌의 말에 귀를 기울였다.

"이후 정신적으로도 육체적으로도 엉망진창이 된 그는 소설을 쓰기 위해 필로폰을 복용하기 시작해. 그러지 않으면 이미 펜을 쥐지 못할 만큼 병이 진행돼서 몸도 망가졌거든."

"필로폰이라면…… 각성제죠?"

"그래. 지금은 상상할 수도 없지만 당시에는 약국에서도 쉽게 샀었다고 해. 그걸 맞고 며칠 동안 밤을 새워가며 소설을 썼대."

"으아아."

정말 지금은 상상할 수 없는 일이다. 아무리 시대나 상황이 다르다고 해도 너무 딱한 이야기다.

"더군다나 그때는 오다 사쿠노스케뿐 아니라 필로폰을 상용한 작가가 잔뜩 있었어. 사카구치 안고도 '폰중'으로 굉장히 유명했다고 해."

"폰중?"

어쩐지 귀엽게 들리지만 그 말은 즉…….

"그래, 필로폰 중독이야."

나는 또 한 번 "으아아" 하는 소리를 냈다.

"참 너무하지."

외삼촌도 통탄스럽다는 듯이 고개를 저었다.

"그래도 사쿠노스케의 마음에는 늘 가즈에라는 존재가 있었어. 그의 걸작 중 하나인 『경마』라는 단편은 아내를 떠나보내고 자포자기한 남자 주인공이 회삿돈까지 써서 아침부터 밤까지 미친 듯이 '1번' 경주마에게 돈을 거는 이야기야. 죽은 아내의 이름이 가즈요—代였다는, 고작 그런 이유로. 사쿠노스케가 어떤 마음으로 이 이야기를 썼는지는 모르지만, 가즈에—枝를 그리는 강렬한 마음이 있었단 걸 의심할 여지가 없지."

"응…… 정말 그렇겠어요."

나는 이런 이야기에 너무도 약하다. 그 광경을 상상만 해도 왠지 숙연해진다.

"그는 약물 중독이 되고 피를 토해도 집념으로 소설을 계속 썼어. 각혈을 심하게 해서 병원에 이송됐을 때도 소설을 써야 하니까 여기에서 내보내 달라고 난동을 부렸대. 그러다가 마침내 여관에서 덜컥 쓰러졌는데, 그때만큼은 회복하지 못했지. 그렇게 1947년, 서른세 살의 젊은 나이로 죽고 말았어."

"서른세 살…… 건강했다면 한참 동안 많은 작품을 썼을 텐데요."

나는 아쉬운 기분을 가득 느끼며 말했다. 만약 그가 더 오래 살았다면 어떤 작품을 썼을까.

"그래도 그처럼 짧은 생애였으니까, 항상 죽음을 의식했으니까 지금 가진 생명을 전부 불태워서 소설을 썼다고 할 수도 있어. 그야말로 귀신 같은 집념이지. 단명한 작가가 많은데, 어떻게 생각하면 그들은 짧은 인생이었기에 그만큼 훌륭한 작품을 썼다고 볼 수도 있어. 오다 사쿠노스케 역시 가짓수는 적어도 아주 훌륭한 단편을 남겼으니까. 물론 그래서 좋았는지 아닌지는 천국에서 본인에게 물어볼 수밖에 없겠지만."

도넛 방석에 엉덩이를 맡긴 외삼촌이 감개무량한 표정으로 말했다.

그런가. 나는 중얼거리며 책장에 쭉 꽂힌 책들에 문득 시선을 보냈다.

"새삼스럽지만 여기 있는 책의 작가들은 대부분 이미 이 세상에 없는 사람들이잖아요. 조금 신기해요. 이렇게 작품은 남아 있고 우리가 여전히 읽고 감동한다는 게."

그렇다. 여기에 이름이 나란히 이어지는 사람들 대부분이 이미 우리가 있는 세계에서 아주 먼 세계로 떠나버렸다. 그렇게 생각하자 또 숙연해졌다.

"맞아, 이렇게 마음이 형태가 되어 남는 건 참 대단한 일이야. 작가뿐 아니라 예술가는 굉장한 사람들이지. 덕분에 우리가 그들이 남긴 것으로부터 많은 것을 배울 수 있는 거고."

외삼촌의 말에 찬성하며 나는 거듭 고개를 끄덕였다.

"응, 정말 그 말이 맞아요."

어느새 해가 져서 창밖이 푸르스름한 어둠에 둘러싸였다. 슬슬 문을 닫을 시간이다. 이러니저러니 했지만 외삼촌의 페이스에 보기 좋게 말려들어 이야기에 한참 열중했나 보다.

그래도 이건 이것대로 나쁘지 않구나. 오다 사쿠노스케의 인생을 마음속으로 그리며 생각했다.

그나저나 외삼촌이 작가들의 인생을 그렇게 깊이 알려는 것은, 그들에게서 뭔가 배우고 싶은 욕구가 알게 모르게 있었기 때문일 것이다. 자기 인생을 이해할 수 있도록 도와줄 어떤 실마리를 찾고 싶었을 테고.

외삼촌은 젊은 시절 자기 존재에 크게 고민하고 괴로워서 몸부림쳤다고 했다. 그래서 20대 때 일본에서 여비를 벌어 배낭을 메고 몇 개월이나 혼자 세계를 방랑하다가 돈이 떨어지면 다시 일본에 돌아오기를 반복했다. 이런 단어로 표현하면 좀 부끄럽기도 한데, 이른바 자아 찾기 여행이었달까. 두려워하지 않고 실행에 옮긴 외삼촌의 옛 모습이, 뭘 하든 먼저 겁부터 먹어 행동하지 못하는 내 눈에는 좀 멋있어 보인다.

전에 구니타치에 있는 외삼촌 집에 놀러 갔을 때 당시의 사진을 본 적 있다. 처음 여행을 다니기 시작했을 때였을까. 사진 속 외삼촌은 아직 스무 살의 파릇파릇한 청년이었다. 내가 태어난 지 얼마 안 된 무렵이었으니 그렇게 젊은 외삼촌의 모습은 처음 보았다.

네팔인지 인도의 혼잡한 거리에(어디인지는 외삼촌도 기억하지 못했다) 수염은 덥수룩하고 뺨은 움푹 팬, 새까맣게 탄 남자가 서 있는 사진이었다. 그의 눈동자는 어둡지만 형형하게 반짝이며 카메라를 응시하고 있었다.

"으아, 다른 사람 같아."

나는 사진을 보고 무심코 이렇게 외쳤다. 정말 생판 다른 사람이라고 해도 과언이 아닐 정도로 지금 외삼촌과는 분위기 자체가 달랐다.

"그야 젊었으니까. 거의 30년 전이야."

"그뿐만이 아니라 뭔가, 박력이 넘치는데요."

나는 사진을 뚫어지게 들여다보았다. 사진 속 젊은 외삼촌도 나를 험악한 눈초리로 바라보았다. 이랬던 청년이 지금은 방석 하나가 보이지 않는다고 난리를 치는 아저씨가 되었으니, 인생이란 알 수 없다.

"음, 이때는 고민이 많았던 때니까. 여행 다니지 않을 때는 책만 들입다 읽었고."

외삼촌은 덥수룩한 머리를 긁으며 과거의 자신을 웃어넘기는 것처럼 아하하 웃었다.

"이 사진은 언제 봐도 웃긴다니까."

옆에 있던 외숙모도 같이 깔깔 웃었다.

길고 긴 여행자 생활을 하면서 외삼촌이 찍은 본인 사진은 이 한 장뿐이라고 한다.

"첫 여행이었으니까 망설임이 남아서 찍었을 뿐이야. 그 후로는 여행을 가더라도 카메라는 챙기지 않았어."

외삼촌이 담백하게 말했다.

"에이, 좀 아쉽다."

"아니지, 사진을 남겨서 뭐 해."

"흐음, 그런가요? 외숙모랑 파리에서 만난 것도 이때쯤이에요?"

"나랑 알게 된 건 좀 더 나중 아닌가? 그때는 이렇게까지 심하진 않았어. 눈빛도 좀 더 다정했고. 이 사람이 이 지경이었다면 나도 절대 다가가지 않았을걸."

"아아, 이 녀석은 내가 봐도 심하네."

"꼭 누구 하나 죽일 것 같은 분위기지."

외삼촌 부부는 그런 소리를 주고받으며 웃었다. 모모코 외숙모는 외삼촌 뺨을 꼬집었고 외삼촌은 그대로 받아주며 같이 깔깔거렸다(외숙모는 친한 사람의 뺨을 꼬집는 이해할 수 없는 습관이 있다). 정말 이상한 부부다.

"이때는 아버지와 뜻이 맞지 않아서 맨날 말싸움만 했었지. 뭐, 내가 걱정을 끼친 건 사실이지만."

"아버님이랑 당신은 성격이 전혀 다르니까."

"정말 안 닮았어."

할아버지는 굉장히 엄격한 분이었다. 과묵해서 농담

같은 건 일절 하지 않고, 늘 미간에 깊은 주름을 잡고 있었다. 절도 있게 사는 것이야말로 미학. 그런 의식을 품은 것처럼 보였다. 엄마에게 들었는데, 처음 결혼한 아내가 병으로 금방 떠났고 할머니와 재혼했을 때는 이미 오십이 다 되어 있다고 한다. 보통은 나이 먹고 생긴 자식이니 응석을 받아줄 법한데, 할아버지는 전혀 그런 사람이 아니었는지 엄마도 외삼촌도 어렸을 때부터 아주 엄격한 교육을 받았다고 한다. 헌책방 경영을 할 때도 초지일관 자신의 미학을 지키고 약간의 타협도 용납하지 않는 자세로 임해서, 때로는 책을 구경하러 온 손님을 쫓아내기까지 했다고 한다. 외삼촌과는 방식이 전혀 다르다.

"그랬는데도 지금은 삼촌이 할아버지의 가게를 물려받게 되셨네요."

"참 신기하지. 저세상에서 화내지 않으셨으면 해."

외삼촌이 농담 섞어 말했다.

"잔뜩 화나셨겠지. 이놈이 헌책방을 뭐라고 생각하는 거냐고 날뛰며 주변 사람들을 곤란하게 하실 거야."

모모코 외숙모가 그렇게 말하자 두 사람은 또 요란하게 웃었다.

내 생각인데, 걱정할 것 없지 않을까. 외삼촌과 할아버지는 성격이 전혀 다르긴 하지만 중요한 부분에서는 같다. 그것만큼은 틀림없다.

나는 책상에 놓인 사진을 다시 바라보았다. 거기 있는 외삼촌은 역시 내가 전혀 모르는 외삼촌이다. 번뜩이는 눈동자는 화가 난 것처럼도, 망설이는 것처럼도 보였는데, 또 어딘지 슬퍼 보이기도 했다.

나는 사진 속 외삼촌에게 마음으로 말했다.

괜찮아요. 삼촌은 앞으로 따스한 사람을 많이 만나서 더는 슬픈 눈빛을 짓지 않게 되거든요. 요통과 치루로 고생하면서도 헌책방 주인으로 모두의 사랑을 받으며 살아요. 그러니까 걱정 안 해도 돼요.

4

'스보루'는 모리사키 서점에서 걸어서 3분이면 가는 카페다.

50년이나 운영한 만큼 이 일대에서는 누구나 아는 곳이다. 예전에는 진보초 근방에 살던 문호들도 많이 찾았다고 한다.

사방이 벽돌이고 램프만 반짝이는 어슴푸레한 가게 내부에는 향긋한 커피 향이 가득해서 마음이 편해진다. 언제나 손님들로 붐비는데 하나도 시끄럽지 않고, 오히려 잔잔하게 흐르는 피아노곡에 섞인 사람들의 웅성거림이 귓가에 기분 좋게 들린다. 3년 전 늦여름에 외삼촌이 데려

온 뒤로 나는 이 카페의 분위기와 커피 맛에 푹 빠져서 완전히 단골이 되었다.

스보루의 사장님은 40대 후반쯤이고 갸름한 얼굴이 분위기 있어 보이는 아저씨다. 언뜻 무섭게도 보이는데, 사실은 싹싹해서 대화하기 편한 사람이다. 웃으면 눈가에 다정해 보이는 주름이 잡힌다. 언제든 문을 열면 카운터석 안에서 커피를 내리면서 제일 먼저 "어서 오세요"라고 인사를 건넨다.

물론 오늘 밤도 문을 열자 평소처럼 사장님이 따뜻하게 환영해 주었다.

"아아, 다카코 씨, 어서 와."

"안녕하세요. 오늘도 손님이 많네요."

사장님에게 인사하고 카페를 둘러보았다. 평소보다 사람이 훨씬 많았다.

"덕분이지, 뭐. 카페는 이 계절부터 장사가 잘되거든."

잔을 닦으며 답하는 사장님의 말에 나도 장난스럽게 웃어 보였다.

"날씨가 추우면 따뜻한 커피가 너무너무 마시고 싶어지니까요."

"그런 거지."

사실 봄이든 여름이든 이 카페는 인기가 있지만, 그래도 추운 계절에 마시는 맛있는 커피는 역시 각별하다. 이곳을 찾는 손님들도 같은 마음이겠지.

"그래, 오늘은 약속이 있어서?"

"네, 맞아요."

"그거 좋겠네. 느긋하게 있다 가."

나는 웃으며 살짝 고개를 숙였다. 젊은 여자 종업원이 기다렸다는 듯이 다가와 마침 자리가 난 창가로 안내해 주었다.

이 카페는 남자친구인 와다 씨와 만나는 장소로도 활용하고 있다. 와다 씨의 직장이 이 근처여서 거리상으로도 딱 좋았다.

와다 씨가 일 때문에 늦을 때는 여기에서 커피를 마시고 책을 읽으며 시간을 보낸다. 오늘 밤에도 가방에 늘 품고 다닐 만큼 좋아하는 책을 바로 꺼내 펼쳤다. 좋아하는 사람이 올 때까지 조용히 가슴 설레는 시간. 좋아하는 카페에서 책을 읽으며 연인을 기다리는 이 시간이 어쩐지 굉장히 행복한 사치처럼 느껴진다.

그렇게 30분쯤 책을 읽으며 기다리는데 똑똑 창문을 두드리는 소리가 났다. 창문 밖에 서 있던 와다 씨가 나와 눈이 마주치자 손을 슬쩍 흔들었다. 나도 손을 들자 와다 씨가 입구 쪽으로 걸어갔다.

"미안해, 기다렸지."

서둘러 왔는지 조금 헐떡이며 와다 씨가 맞은편에 앉았다. 편하게 입고 다녀도 되는 회사(주로 학습 교재를 만드는 출판사다)라 오늘도 캐주얼한 복장이다. 와다 씨는 옷입는 패턴이 대충 정해져 있는데, 위에는 재킷을 걸치고 아래는 슬림 핏의 바지나 슬랙스를 입는다. 본인 말로는 "고르기 귀찮으니까"라는데, 이 사람에게는 차분한 복장이 제일 잘 어울린다. 오늘도 말쑥한 까만 재킷에 회색 슬랙스가 아주 멋지다.

"아니야, 온 지 얼마 안 됐어."

나는 책을 덮으며 미소 지었다.

"그러면 다행이고."

서글서글한 미소를 짓고서 와다 씨가 나를 지긋이 바라보았다. 아무 말도 없이 그저 빤히. 너무 쳐다보니까 간질간질했는데, 그 시선이 내가 아니라 손에 든 책에 쏟아진다는 걸 간신히 알아차렸다.

"오오, 이나가키 다루호 작품집이네."

와다 씨가 살짝 감탄 어린 소리를 냈다.

"……어어, 아, 응, 맞아."

일주일 만에 만나 처음 하는 소리가 이거라니. 나는 조금 받아들일 수 없었는데, 와다 씨는 내 기분을 전혀 알아차리지 못했다.

"『일천일 초 이야기』, 좋지."

"응." 와다 씨가 하도 기뻐하니까 나도 얼른 마음을 다잡고는 고개를 끄덕였다. "이린 데서 읽기에 좋은 작품이야. 짧고 귀여우니까. 어쩐지 커피랑 궁합이 잘 맞는 듯한 느낌?"

"맞아, 맞아." 와다 씨가 흥분해서 말했다. "「나를 놓쳐버린 이야기」나 「친구들이 달님으로 변한 이야기」도 그렇고, 제목만 봐도 뭐든 재미있을 것 같잖아."

"응, 그러니까. 이 책도 벌써 다섯 번쯤 읽었어."

와다 씨도 알아주는 책벌레다. 특히 일본 고전소설을 좋아해서, 독서를 시작한 지 얼마 안 된 나보다 훨씬 자세하게 안다. 또 독서광인 사람들이 그러듯이 와다 씨도 다른 사람이 뭘 읽는지가 궁금한지, 내가 읽는 책도 하나하나 알고 싶어 한다. 그 책이 자기가 좋아하는 책이라면 이렇게 싱긋 웃어주는데, 좋아하지 않는 책이나 읽지 않은 책이면 급식에 싫어하는 반찬이 나온 아이처럼 슬픈 표정이 된다. 그 표정이 너무도 절박해 보여서 내가 마치 엄청난 배신이라도 저지른 것 같아 난처해질 정도다. 그렇지만 사실 나는 그런 표정이 나오는 걸 조금 기대하기도 한다. 오늘은 아무래도 '정답'인 날인지, 슬퍼하는 와다 씨를 볼 수 없었다.

"그러고 보니 처음 여기에서 만났을 때도 다카코 씨, 이나가키 다루호를 읽고 있었지."

"어라, 그랬나? 뭔가 읽었던 것 같긴 한데……."

"응, 분명해. 그때 되게 인상 깊었으니까."

와다 씨가 힘주어 말하니까 왠지 부끄러웠다. 하하, 하고 괜히 웃으며 얼버무렸다.

와다 씨와는 1년 전 어느 날 밤, 이 카페에서 우연히 만나서 같이 커피를 마신 것을 계기로 가까워졌다. 원래 모리사키 서점 손님이어서 얼굴은 알았는데 제대로 대화한 건 그때가 처음이었다. 생각해 보면 그때부터 이 사람에게 조금 끌렸던 것 같다. 그 후로 오랫동안 친하게 지냈는데, 정식으로 사귀기로 했을 때가 여름 직전이니까 연인이 된 지는 아직 석 달밖에 되지 않았다. 솔직히 나는 '아키라 씨'라고 이름으로 부르고 싶은데, 첫 만남의 흔적이 남아 지금까지 와다 씨라고 부른다.

사실 이렇게 사귀는 사이까지 될 수 있었던 것도 스보루 사장님의 도움이 있었기 때문이다. 그래서 나는 사장님에게 고개를 들지 못한다.

와다 씨는 매우 예의 바르고 신중하고 필요 이상으로 주목받는 것을 불편해하는 사람이다. 사람이 많이 모인 곳에 가면 저 뒤로 물러나 차분하게 웃으며 남들 이야기를 듣다가 가끔 예리한 의견을 내는 그런 사람이다.

다만 조금 독특한 면도 있는데, 뜬금없이 고집스러운 면을 드러내며 "오늘은 오징어튀김을 먹고 싶어. 아침부터 먹겠다고 정했어. 그러니까 무슨 일이 있어도 다른 걸로는 위장을 채우기 싫어"라고 선언하기도 한다. 좀체 파악하기 어려운 사람이다. 그렇지만 나는 와다 씨의 어딘지 신비로운 면모를 아주 좋아한다.

우리는 쉬는 날도 다른 데다 와다 씨는 월말이면 일이

바빠서 휴일 출근도 예삿일이다. 그렇다 보니 우리의 만남은 이렇게 밤에 잠깐만일 때가 많다.

휴일이 맞지 않는다는 게 지금 우리에게 많이 속상한 부분이다. 우리 둘 다 타고나길 성실한 성격이라 일을 어중간하게 마무리하질 못하니 필연적으로 만나는 시간이 제한된다. 나는 그게 너무 아쉬운데, 이것만큼은 어쩔 수 없다는 것도 잘 알고 있다.

아무튼 이렇게 일주일 만에 만나 커피를 마시며 밥이라도 슬슬 먹으러 가자고 대화를 나누는데 웬일인지 다카노 군이 카페 안쪽에서 나왔다.

다카노 군은 스보루의 주방 담당 직원이다. 호리호리하니 키가 크고, 힘없는 말투를 써서 전혀 믿음직스럽지 않아 보이는 사람이다. 나중에 자기 카페를 차리고 싶어서 이곳에서 배우는 중이라고 한다.

"다카노 군, 오랜만이야."

"안녕하세요, 다카코 씨. 어, 와다 씨도요."

다카노 군은 낯가림이 심해서 아직 친하지 않은 와다 씨가 좀 어색한가 보다.

"아, 안녕하세요. 다카노 군이죠."

와다 씨가 붙임성 있게 웃으며 다카노 군에게 대답했다. 그러자 다카노 군도 안심한 표정을 지었다. 와다 씨는 성별을 가리지 않고 이런 식으로 무심하게 사람을 안심시켜 주는 면이 있다.

인사도 마쳤는데 다카노 군은 무슨 일인지 사자가 남긴 먹이를 노리는 하이에나처럼 우리 주변을 어슬렁거렸다. 조금 거슬려서 "왜 그래?" 하고 물어보았다.

"아니, 그게…… 다음에 해도 되는데요."

다카노 군이 불분명하게 대답하는 것과 동시에 저쪽에서 사장님이 "어이, 다카노!" 하고 화가 난 목소리로 그를 불렀다.

그 목소리를 듣자마자 다카노 군이 허둥지둥 주방으로 돌아갔다.

"뭐지, 대체?"

엄청난 속도로 사라지는 그의 호리호리한 뒷모습을 보며 나는 고개를 갸웃거렸다.

"왠지 거동이 수상했지?"

와다 씨도 마찬가지로 고개를 갸웃거렸다.

"아, 그렇긴 하지만 다카노 군의 거동은 언제나 수상하니까."

"아하, 그러면 안심이네."

그렇게 다카노 군에게 참으로 실례되는 소리를 하며
납득한 우리는 카페를 나섰다.

문 닫기 직전인 산세이도 서점을 잠깐 둘러보고, 와다
씨가 좋아하는 근처 밥집에서 저녁을 먹은 뒤 거리를 잠
깐 걸었다. 내일은 둘 다 출근해야 한다. 나는 아침 일찍
회의가 잡혀 있어서 오늘 밤은 이대로 헤어지기로 했다.
역까지 와다 씨가 바래다주었다.

와다 씨가 사는 맨션은 헌책방 거리에서 걸어서 15분
거리에 있다. 아직 몇 번 가보지 않았지만 처음 갔을 때에
는 상당히 충격받았다.

"방이 지저분하거든."

집으로 가는 동안 와다 씨가 몇 번이나 당부하듯 말했
는데, 가보니 정말로 지저분했다.

방에 한 걸음 들어서자마자 벗어 던진 옷가지며 편의
점 도시락 용기 따위가 바닥에 널브러진 것이 보였다. 엄
청난 수의 책이 책장에 다 들어가지 못해 소파나 테이블

위에 아무렇게나 널려 있었다. 더욱 끔찍했던 것은 부엌으로, 싱크대에 더러운 접시나 프라이팬이 넘쳐나 보기에도 처참한 상태였다. 발 디딜 데도 없는 정도까지는 아니었으나, 적어도 앉을 곳은 없었다. 한쪽 문이 열린 벽장에는 거대한 상자가 잔뜩 쌓여 있었다. 허락을 받아 살펴보니 헌책이 한가득했다. 값이 나갈 만한 것도 있어 보였는데, 무턱대고 넣어둬서 정리만으로도 감당이 안 될 것 같았다. 도저히 수습하기 어려운 상황이니 다음에 모리사키 서점에라도 인수해 달라고 하는 편이 좋아 보였다.

"정말 미안해. 청소할 생각이었는데……. 이번 주에 일이 좀 바쁘기도 해서 시간이 없더라고."

와다 씨의 집에 오기 전까지 나는 제법 긴장하고 있었는데 그 광경을 보자 긴장이고 뭐고 싹 사라졌다. 아하하, 하고 나 혼자 한참이나 웃어댔다. 와다 씨의 다른 일면을, 정말로 의외인 모습을 본 기분이었다.

"음, 그래도 혼자 사는 남자의 집이라는 게 원래 이런 법 아닌가?"

내가 그렇게 말하자 허둥거리던 와다 씨도 조금은 마음이 놓인 듯했다. 와다 씨였으니까 놀랐을 뿐이지, 이 정도 난장판은 꽤나 흔할 것이다. 그래도 여자친구가 처음으로 집에 온 거니까 조금은 깨끗하게 해뒀으면 좋았겠지만……

"전에 사귀던 사람이 있었을 땐 어땠어?"

나는 은근슬쩍 물었다.

"아, 그게, 어느샌가 매번 청소를 해줬어. 깨끗한 걸 좋아하는 사람이었으니까……."

와다 씨가 쓴웃음을 지으며 대답했다.

이런, 괜한 것을 물어봤네. 곧바로 후회했다. 또 일일이 속을 떠보려고 한 내가 싫어졌다.

전에 와다 씨는 모리사키 서점에 몇 번인가 그 여자를 데리고 왔다. 아주 예쁘게 생기고 키가 늘씬하게 큰 여자였다. 그때는 와다 씨와 그냥 얼굴만 아는 사이 정도였으니까 잘 어울리는 미남 미녀 커플이라고 생각하며 두 사람을 태평하게 바라보았다. 그러나 상황이 달라진 지금, 그 광경은 책과 함께 상자에 담아 마음속 벽장 안에 쑤셔 넣어 두고 싶은 것이 되었다.

시시한 질투심에 불이 붙어서 그 사람 못지않게 이 집을 깨끗하게 해주겠다고 결심했다. 그날 오후, 나는 와다 씨가 옆에서 허둥거려도 아랑곳하지 않고 초강력 청소 로봇으로 변신했다.

결국 그날은 그대로 와다 씨의 집에 머물렀다.

와다 씨가 나를 꽉 끌어안으면 내 안에 어떤 핵核이 있다는 사실을 깨닫는다. 또 와다 씨가 거기에 닿은 듯한 기분이 든다. 지금까지 인생에서 이런 기분이 든 건 처음일지도 모른다. 그러나 한편으로 나 같은 평범한 사람과 함께 있으면 와다 씨가 즐거울지 걱정스럽기도 하다. 나는 이 거리에서 사토루 삼촌을 비롯해 매력 만점인 사람들과 만났는데(사부 씨조차도 어떻게 보면 매력적이다), 반면에 그럴수록 나 자신은 아는 것도 없고 시시한 인간이라는 사실을 깨닫게 되었다. 그러니 괜히 더 그런 생각이 드는지도 모른다.

좀 더 같이 있고 싶고, 좀 더 많은 것을 공유하고 싶다. 그러나 와다 씨도 같은 기분인지는 모르겠다. 원체 내가 연애에 서투른 인간이라 이렇게 소심한가 보다. 내가 그런 사람이어서인지, 전에 사귀던 사람과도 애초에 나 혼자 착각했을 뿐이라는 황당한 결말이 기다렸다. 와다 씨가 그럴 인간이 아니라는 건 100퍼센트 확신하지만, 그렇다고 그가 나를 얼마나 원하는가 하면 확신이 서지 않는다.

와다 씨는 감정을 그다지 겉으로 드러내는 사람이 아니다. 그래서 때때로 무슨 생각을 하는지 너무 신경 쓰인다. 애초에 와다 씨는 연인에게 무엇을 원할까. 예전 연인과 사귈 때와 비교해 내가 더 좋다고 생각할까. 나는 그 사람처럼 미인도 아니고……. 혼자 해결할 수 없는 이런 고민으로 생각에 잠긴다.

그래도 하나, 확실하게 아는 것도 있다. 내가 내 기분을 잘 이해하고, 상대방에게 그걸 나 자신의 말로 표현하고 싶다고 생각하는 점이다. 이 감정을, 그리고 와다 씨와 시작한 이 관계를 적당히 어물쩍 넘기는 짓만은 죽어도 하기 싫다.

뜻밖에도 책을 읽는 행위가 이런 데까지 내게 영향을 끼치기 시작했다. 나는 책 속에 그려진 다양한 사랑의 형태를 접하면서 내 애정도 좀 더 소중히 아껴야 한다고 새삼스레 실감하게 되었다.

"밤이 되니까 역시 꽤 추워지네."

"응."

우리는 오차노미즈역으로 가는 완만한 언덕길을 느릿
느릿 올라갔다. 진보초역이 더 가까운데 일부러 멀리 돌
아갔다. 악기점이나 음식점이 많은 이쪽 길은 일찍 잠드
는 헌책방 거리와 달리 아직 밝다. 지나는 사람도 많고 차
도 꼬리를 물고 달린다.

좀 더 같이 있고 싶다.

그래도 이제 돌아가야 한다.

내 머릿속은 계속 같은 생각만 하고 있다.

옆에서 걷는 와다 씨의 모습을 힐끔힐끔 곁눈질했다.
와다 씨는 성큼성큼, 한 걸음씩 허튼 구석 하나 없이 걷는
다. 발소리도 별로 나지 않는다. 참으로 그다운 걸음걸이
다. 와다 씨도 조금은 쓸쓸하다고 생각할까. 그러나 와다
씨의 표정은 평소와 같아 보였다.

우리는 길을 걸으며 자기 전에 제일 잘 어울리는 책이
뭘지 이야기를 나눴다. 의외로 와다 씨는 자기 전에 책을
읽으면 잠을 못 자게 되니까 읽는다면 전화번호부가 좋겠
다고 진지한 표정으로 대답했다. 나는 한참 고민한 끝에
다카무라 고타로의 『지에코초』를 꼽았다.

"그래도 아까우니까 정말로 자기 전에는 아마 읽지 않

겠지만."

"뭐야, 우리 둘 다 제대로 된 답이 아니네."

와다 씨가 웃었다.

"그런데 다카코 씨, 『지에코초』를 정말 소중한 책이라고 생각하는구나."

"응. 그렇게 사랑으로 가득한 작품이 또 있을까? 난 모르겠어."

"그렇지. 지에코 씨에게 조현병이 나타난 뒤에도 애정이 점점 더 깊어지고, 그에 호응하는 것처럼 시도 더욱 아름다워지니까."

『지에코초』의 시 일부는 학교 교과서에도 실릴 정도니까 나도 물론 알고 있었다. 그래도 새롭게 처음부터 읽은 『지에코초』는 나에게 경이로울 만큼의 감동을 선사했다. 만남부터 결혼, 발병 그리고 사별……. 함께 인생길을 걸은 지에코와의 나날이, 누군가를 사랑하는 기쁨과 불안, 슬픔, 그리고 아픔 등 다양한 감정들이 시라는 단어의 연결로 표현되는데, 그 전부가 눈부실 정도로 반짝였다.

아마도 『지에코초』는 많은, 정말로 많은 사람에게 둘도 없이 소중한 책일 것이다. 나도 그런 사람 중 하나일 것이고. 언제 읽어도 가슴이 벅차오른다. 거기에 다른 말은 필요 없다. 그러니 나는 이 책을 너무너무 읽고 싶을 때만 펼치려고 한다. 이 책을 읽고 감동하는 내 마음을 소중히 아끼고 싶으니까. 읽으면 반드시 울어버린다. 몇 번을 읽어도 반드시 눈물이 나온다. 이렇게 그 책을 생각하기만 해도 눈물이 맺힐 정도다.

자신의 감정을 그런 식으로 표현할 수 있다면 얼마나 멋질까. 그런 생각에 잠겼는데 벌써 역이 보였다. 작별할 시간이다.

"잘 자."

우리는 그 말을 주고받고 헤어진다. 지금 내 생활 속에서 가장 애틋한 순간이다. 좀 더 특별한 작별의 말을 찾으려 했지만 매번 찾지 못한다.

나는 역 개찰구 앞에서 점점 멀어지는 와다 씨의 뒷모습을 한동안 바라보았다. 오늘 밤은 오랜만에 자기 전에 『지에코초』를 조금만 읽을까, 그런 생각을 하면서.

5

가을이 하루하루 깊어지고 겨울이 점점 다가온다.

세차게 부는 건조한 바람이 쌀쌀해지고 가로수 잎이 조금씩 물들어 간다. 어느새 해가 일찍 떨어지고, 그에 맞춰 날이 갈수록 밤이 길어지고 깊어진다.

나는 1년 중 이 계절이 제일 좋다. 아직 본격적인 겨울이 오기 전 떠나가는 계절을 아쉬워하는 시기. 은은한 물빛이 보드랍게 느껴지는 하늘을 멈춰 서서 계속 바라보고 싶은 기분이다. 그래서 요즘은 매일 아침 하늘을 우러러 보며 직장까지 걸어가는 것이 내 일과다.

지금 나는 이다바시에 있는 디자인 사무소에서 일한

다. 아주 작은 사무소로, 팸플릿이나 광고지를 디자인하는 것이 주요 업무다. 아르바이트로 일한 시기를 포함하면 벌써 그럭저럭 3년 가까이 다니고 있다.

기본적으로 개인 작업이 많아서 출근 시간이나 요일도 엄격히 정해져 있지 않고, 최소한의 예의를 지키며 다들 비교적 자유롭게 일한다. 전에 일하던 회사는 인간관계가 지나치게 밀착되어 있었고 파벌 같은 것까지 존재해서 너무 힘들었는데, 여기는 규모가 작아서 그런 문제로 곤란할 일도 없다. 수입은 전과 비교해 한참 적지만, 개인의 속도에 맞춰 일할 수 있으니까 나한테는 지금 직장이 훨씬 잘 맞는 느낌이다.

나는 밤늦게까지 남아 질질 일하는 걸 싫어해서 대체로 아침에 제일 먼저 출근하고 저녁에는 일찍 마무리하려고 한다. 동료들과도 평범하게 대화는 나누지만 필요 이상으로 다가가지 않는다. 일 이외에 만나는 일도 일단 없다.

얼마 전에 드물게 술을 마시러 가자고 해서 응했는데, 한 동료에게 "왠지 홀가분해 보여요"라는 소리를 들었다. 들어보니 다른 사람들도 내게 비슷한 인상을 품었나 보다. 언제나 말수가 적고 저녁에도 일찍 퇴근하니까 그렇게 생각했다고 한다. 조금 의외였는데, 마음 기댈 곳이 새롭게 생긴 덕분이라는 생각이 나중에 들었다.

예전의 나는 거의 직장과 집만 왕복하며 살았다. 이렇다 할 취미도 없고 뭔가에 강렬한 애착을 품은 적도 없다. 특별히 불만은 없었지만 어딘가 아주 조금 부족함을 느끼긴 했다. 지금 생각하면 항상 그런 기분 때문에 힘겨웠다. 지금은 아니다. 나 스스로가 모자람 없이 채워졌다는 어리석은 생각은 하지 않지만, 그래도 언제부턴가 뭔가 부족하다고는 생각하지 않게 되었다.

가고 싶은 곳이 있고 만나고 싶은 사람들이 있다. 있는 그대로의 나를 받아주는 곳이 있다.

그건 그 무엇보다 멋진 일이다.

이렇듯 요즘의 나는 나 자신의 페이스에 맞춰 일을 대하고 있다. 일 자체도 좋고 직장 분위기도 싫지 않다. 앞으로도 잘할 수 있다는 자신감도 든다.

그런데 최근 들어 딱 하나 조금 귀찮은 일이 생겼다. 따지고 보면 별것 아닌 일이어서 남에게 말하면 웃어넘기고 말 것이다. 그러나 내가 상당히 곤란한 것도 사실이다.

어느 날 점심시간에 있었던 일이 발단이었다. 우리 회

사에는 명확한 점심시간도 없고 구내식당도 없어서 점심은 다들 적당히 해결한다. 나는 보통 근처 카페에 가는 편이다. 점심때에도 비어 있고 회사 사람과 만난 적도 없어서 제일 마음 편하게 밥을 먹을 수 있는 곳이다.

그런데 어느 날, 그곳에서 직장 선배와 딱 마주쳤다. 빈정거리는 면이 있고 남을 깔보는 말투를 쓰는 사람이라 예전부터 그 선배를 조금 불편하게 여겼다. 그때도 넌지시 인사만 하고 다른 자리로 가려고 했는데, 그가 "여기 와서 앉지" 하고 말을 걸었다.

어쩔 수 없이 동석했는데 그러면 그렇지, 우리 자리는 이래도 되나 싶게 분위기가 좋지 않았다. 대화를 이어가려고 노력하지 않았던 나도 나빴지만, 상대방이 불평이나 자기 자랑만 지겹도록 늘어놓는데 거기에 어떻게 반응해야 할지 알 수 없었다.

"클라이언트가 너무 무능해서 큰일이야. 좀 더 일의 규모가 커야 내 능력을 살릴 수 있는데. 지금 하는 일은 내 힘의 절반도 내고 싶지 않다니까……."

그는 떨떠름한 표정으로 그런 소리를 늘어놓았고 나는 시종일관 "그렇군요" 하고 맞장구만 치다가 점심시간이 흘러갔다.

거기에서 끝나야 했다. 좀 불편한 사람과 만나서 운이 없었다고 생각하면 그만이었다. 그런데 그날 이후로 그가 툭하면 내게 말을 걸어왔다.

회사에서도 내가 컴퓨터 앞에 앉아 일을 하고 있으면 일부러 다가와서 말을 걸었다. 모르는 척 작업에 몰두하면 등을 툭툭 쳐서 억지로라도 주의를 끌었다. 그러더니 당연하다는 듯이 같이 점심을 먹으러 가자고 권했다. 그렇게 재미없는 시간을 공유했으면서 나한테 계속 말을 걸려는 심리를 도무지 모르겠다. 나도 후배인 입장에서 매번 거절하기도 뭐해서 그 후로도 몇 번쯤 그 카페에 같이 갈 수밖에 없었다. 당연히 나를 기다리는 것은 끝없이 무의미한 시간이다.

대체 뭔데, 이거? 이 사람은 뭐가 즐거운 거람? 후배 직원을 괴롭히는 건가? 나는 점점 짜증이 솟구쳤다.

"그렇지, 너 쉬는 날에는 뭐 해?"

네 번째로 같이 점심을 억지로 먹었을 때, 그가 불평과 자기 자랑을 늘어놓는 사이사이에 샌드위치를 먹다가 갑자기 물었다.

"어, 헌책방에 갈 때가 많은데요……."

갑자기 허를 찔려서, 무시하면 될 것을 솔직하게 대답했다.

"엥, 그게 뭐야. 그런 곳에 왜 가? 뭔 아저씨도 아니고."

그는 수준 높은 농담이라도 한 것처럼 혼자 껄껄 웃었다. 내가 내 휴일을 어떻게 쓰든 댁한테 이러쿵저러쿵 들을 이유 없거든! 속으로는 이렇게 생각했으나 일단은 선배다. 입 밖에 내지 않는 편이 좋다.

"그럼 이번 휴일에 같이 드라이브하러 가자."

잇따른 불의의 습격에 나는 점점 더 당황했다.

"네? 아니, 왜요?"

다른 사람에게 한 말인가 싶어 무심코 텅 빈 카페를 둘러보았다.

"왜냐니. 한가하니까 괜찮잖아?"

"아니요, 저기, 예정이 있어서……."

"예정이라니?"

"어, 그러니까 지금 말한 헌책방에요."

"헌책방은 그렇게 매일같이 가는 데가 아니잖아?"

"좋아서 가는 거니까 괜찮잖아요."

나는 조금 성이 나서 반박했다. 그는 곤란하다는 듯이 머리를 벅벅 긁더니 깊게 한숨을 쉬었다. 진로지도실에서 공부 못하는 학생을 대하는 고등학교 선생님처럼 불쌍하다는 듯한 한숨이었다.

"너 말이야, 인생이 즐거워?"

"네?"

"뭐랄까, 맨날 우울한 분위기이고 말을 걸어도 도무지 대꾸도 안 하고. 대화하는 보람이 없다니까? 그리고 모처럼 배려해서 어디 가자고 한 건데 우물쭈물 헌책방 같은 소리나 하고……. 좀 더 적극적으로 살지 않으면 인생 손해 본다?"

그는 그런 소리를 하더니 내가 반박할 틈도 주지 않고 "시시하네"라고 중얼거리며 냉큼 카페에서 나갔다. 나는 입을 멍하니 벌리고 넋을 잃은 채, 한참이나 그곳에서 꼼짝할 수 없었다.

"아아, 열받아, 열받아요."

그날 밤, 나는 모모코 외숙모가 일하는 요릿집에 들러 술을 홀짝이며 낮에 있었던 일을 투덜투덜 늘어놓았다.

요즘은 외숙모의 요리를 노리고 이 가게에 뻔질나게 드나든다. 주인인 나카조노 씨는 말발 좋고 붙임성 있는 아저씨로, 외숙모와는 그런 의미에서 상성이 잘 맞는다. 다만 나카조노 씨는 손님 개개인의 얼굴과 이름을 일일이 기억 못하는지, 내 이름을 도무지 외우지 못해서 가게에 갈 때마다 "미카코 씨"나 "유카코 씨"라고 부른다. 몇 번을 고쳐줘도 다음에 만나면 반드시 틀리니까 나도 이미 포기했다.

오늘 밤도 "데루코 씨"라고 본명과 영 동떨어진 이름으로 불렸는데, 분노로 부들거리는 나는 그런 건 아무래도 좋았다.

"얘가. 사람이 일하는 곳에 와서 주정 부리지 마."

요릿집 앞치마가 묘하게 잘 어울리는 외숙모가 카운터석 안쪽에서 바쁘게 움직이며 주정뱅이를 대하듯이 말했다. 사실 나는 오랜만에 제법 취했다.

"그래도 너무너무 열받는걸요. 그 인간한테 그런 소리를 들은 것도 당연히 열받는데요, 반박하지 못한 내가 제일 열받아요."

"그래그래, 열받았구나. 알지, 알아."

취기가 돌자 횡포나 다름없는 그의 태도에 점점 더 화가 났다. 게다가 그는 대체 무슨 인연인지 성씨가 '와다'였다. 그것도 몹시 마음에 안 든다.

"인연이라고 할 것도 없지. 와다는 흔한 성씨잖아. 그 사람도 뭐 좋아서 와다라고 이름을 대진 않을 테고."

모모코 외숙모가 기막혀하며 말했다.

"그래도 싫어요. 그 인간을 생각하면 와다 씨가 생각난단 말이에요."

"어머, 그 사람을 생각해?"

외숙모가 심술궂게 실실 웃으며 물어서 나는 발끈해 대답했다.

"그런 게 아니라요. 지금처럼 얘기할 때 말이에요."

"그럼 귀찮으니까 '와다 2호'라고 하면 되잖아."

외숙모는 너무도 성의 없게 별명을 지었다.

"아무튼 와다 2호가 작업을 걸었는데 몰랐다는 거네."

"아니, 알고는 있었는데, 갑자기 그런 얘길 꺼내는 걸 이해 못 하겠어요."

"그리고 작업 걸어주길 바라고 있으니까 걸어준 거였다면서 화를 냈다는 거네."

"진짜 이해가 안 돼요. 그렇잖아요? 내가 그런 사람으로 보여요?"

"글쎄다, 와다 2호에게는 그렇게 보였을 테니까 그랬겠지."

외숙모는 쌀쌀맞게 말하더니 자기한테 화를 내지 말라며 어깨를 움츠렸다.

"그래도 다카코 너, 그런 면이 좀 있긴 해."

"그런 면이라뇨?"

"그러니까, 부주의한 면?"

"부주의하고 뭐고, 나는 아무것도 안 했어요."

"아무것도 안 하는 게 부주의한 걸 수도 있어. 그러다가 훨씬 더 부주의한 사태를 초래하기도 하고."

그 말을 들으니까 찔렸다. 그랬던 기억이 있으니.

"듣고 보니 그럴지도요. 한번은 그래서 심한 일을 겪기도 했고……."

"아아. 그 헌책방 은둔 사건?"

"뭐예요, 그거. 마음대로 이상한 사건으로 이름 붙이지 마세요."

외숙모가 깔깔 웃었다.

"그래도 나는 조금 맹하고 부주의하고 요령 없어도 다정한 다카코가 좋아."

외숙모가 싱긋 웃으며 나를 봤다. 부드러워 보이는 짧은 머리가 형광등 빛을 받아 반짝였다. 이렇게 숨김없이 호의를 보여줘서 순간 기뻤다. 하지만 냉정하게 생각해보면 맹하고 부주의하고 요령 없다니, 말이 너무 심하다.

"칭찬인지 욕인지 잘 모르겠어요."

"얘가 참. 일단은 칭찬이거든."

외숙모가 또 소리 내 웃었다.

"하던 얘기로 돌아가서, 와다 2호에게는 그렇게 보였더라도 그게 너라는 인간의 전부는 아니지. 단지 와다 2호가 그런 색안경을 끼고 널 봤다는 뜻이야. 요컨대 다카코, 조금은 민감하게 굴면서 꺼림직한 인간에게는 최대한 접근하지 않으면 돼."

"말은 쉬워도 직장 선배인데……."

"그러니까 나는 무슨 일이 있어도 당신하고 가까워지기 싫어요, 라는 분위기를 내면 돼. 그런 건 정말 티가 나니까 그렇게 둔한 인간이라도 잘 알아먹을 거야."

"아아, 저는 확실히 그런 걸 잘 못 하죠."

"그러니까 네가 다정하다는 거야. 뭐, 다카코는 다카코 다운 게 좋으니까 역시 지금 그대로도 괜찮다고 생각해."

외숙모는 그렇게 말하더니 카운터 너머로 내 어깨를 툭툭 쳤다.

"무슨 뜻이에요, 그거."

"그러면 손해 보는 일도 많겠지만 그것도 네 개성이니 까 괜찮잖아."

"흐음."

뭔지 잘 모르겠지만 요약하면 지금 이대로 있으라는 소리인가.

"그래도 그런 사람도 있어. 자기중심적인 사람. 굳이 다카코 네가 아니어도 상관없을걸. 그런 인간한테는."

듣기 불편한 말이었다. 나는 바로 그 일로 예전에 아픈 경험을 했다. 상대가 나를 선택한 줄 알았는데 사실은 아 니었다. 나 같은 사람이라면 누구든 괜찮았던 거다. 그건 나라는 존재를 부정하는 셈이어서 너무 슬펐지만, 한편으 로는 내게도 일부 책임이 있는 것처럼 느껴졌다.

"뭐, 세상에 다양한 인간이 있다는 거야. 그 와다 2호 도 자기 인생이라는 이야기에서는 주인공으로 살잖아. 애초에 2호가 주인공인 소설, 나는 별로 읽고 싶지 않지만."

외숙모가 장난꾸러기 아이처럼 혀를 쑥 내밀었다.

"아무튼 인생은 짧단다. 그런 사람은 상대하지 말고 너는 네 이야기 속에서 너를 선택하는 사람을, 너를 대신할 사람은 없다고 생각하는 사람을 고르면 그만이야. 무슨 말인지 알겠니?"

"네, 아주 잘 이해했어요."

진심으로 이해가 됐다. 그건 요즘 내가 와다 씨를 보며 생각하는 것과 깊은 부분에서 연결된다. 나를, 나니까 선택해 준 사람. 와다 씨(물론 2호가 아닌 쪽)는 나를 그렇게 생각할까. 나는 역시 와다 씨가 아니면 싫다. 와다 씨를 대신할 사람이 있을 리 없다.

"그래? 그럼 가슴 깊이 새겨둬. 인생 선배로서의 조언이야."

"네."

왠지 이야기가 이상하게 흘러갔지만 역시 모모코 외숙모는 이런 상황에 잘 맞는 조언을 한다. 나는 외숙모의 말에 순순히 고개를 끄덕였다.

다음 날부터 며칠 동안 클라이언트의 급한 수정 요구가 들어오고 신규 안건이 들어와 회사에서 허둥지둥한 나날이 이어졌다. 덕분이라고 하면 그런데, 와다 2호의 존재를 신경 쓸 여유가 전혀 없었다.

그렇게 업무도 어느 정도 안정될 기미가 보인 밤, 녹초가 되어 회사에서 나오자 자연스럽게 발걸음이 스보루로 향했다. 와다 씨와 만나기로 한 약속은 없지만 커피가 너무너무 마시고 싶었다. 완전히 커피 중독이군. 카페로 가며 혼자 킥킥 웃었다.

문을 열자마자 활기차게 떠드는 익숙한 목소리가 들려왔다. '아, 사부 씨가 있나' 하고 생각했는데, 역시 사부 씨가 카운터석에 앉아 사장님과 대화를 나누고 있었다.

안녕, 안녕하세요, 하며 간단히 인사를 나누고 나는 사부 씨 옆에 앉아 블렌드 커피, 그리고 배가 엄청 고팠으니 나폴리탄 스파게티와 샐러드도 주문했다.

"어이, 다카노. 나폴리탄 주문. 재깍재깍 해 와."

사장님이 주방에 대고 외치자 "네" 하고 미덥지 못한 목소리가 대답했다.

"그렇지. 전에 저 녀석 다카코 씨 주변을 계속 어슬렁거렸잖아. 저 멍청이, 또 엉뚱한 소리라도 한 거 아니야?"

사장님이 얼마 전에 거동이 수상했던 다카노 군이 생각났는지 내게 물었다.

"아니요, 딱히 없었어요."

"귀찮다 싶으면 머리 정도는 후려쳐도 괜찮아."

"아니, 그건 안 되죠."

나는 황당했다. 이렇게 괄시당하다니. 다카노 군, 이 카페에서 도대체 어떤 존재일까.

여전히 기운 넘치는 사부 씨는 내가 자리에 앉자마자 이러쿵저러쿵 말을 걸었다. 외삼촌도 그렇고, 참 활기찬 아저씨들이다 싶어 감탄했다.

"뭐야, 피곤한가 봐?"

내가 별로 대화에 적극적이지 않자 사부 씨가 시시하다는 듯이 물었다.

"네, 요즘 일이 좀 바빠서요. 사부 씨는 늘 기운이 넘치시네요."

사부 씨가 큭큭 웃었다.

"똑똑하게 휴가를 받아서 써야 해. 뭐, 나야 파워가 넘치니까 휴가가 필요 없지만."

이 사람은 항상 휴가인 것 같은데 기분 탓일까.

"저도 쉴 때는 잘 쉬어요."

"그건 그렇지, 사토루 씨 가게에 매일같이 와 있으니까. 따지고 보면 쉬지 않는 건 사토루 씨지. 모처럼 모모코 씨도 돌아왔는데 예전하고 변한 게 하나도 없어. 그래서는 또 도망칠 텐데. 나는 마누라 환심을 사려고 하루가 멀다 하고 여행이며 외식이며 여기저기 데리고 다닌다고."

"음, 심기가 거슬리면 책을 내다 버리시니까."

사장님이 매번 하는 말을 중얼거리자 사부 씨가 곧바로 화를 냈다.

"시끄럽네, 이 아저씨가."

"사부 씨도 아저씨면서."

"아아, 그렇지, 나도 이제 아저씨지."

사부 씨가 벗겨진 머리를 철썩 치며 바보처럼 웃었다. 사장님도 무표정하게 잔을 닦나 싶더니 풋, 하고 작게 웃음을 흘렸다. 이 두 사람은 사이가 좋은 건지 나쁜 건지. 참 신기한 관계다.

그건 그렇고 사부 씨가 지금 말한 문제는 나도 전부터 신경 쓰였다.

외삼촌도 참. 드디어 모모코 외숙모가 돌아와서 같이 살게 되었는데, 그 이후로 쉬지도 않고 일만 한다. 정규 휴무에도 탈탈거리는 밴을 몰고 먼 곳까지 책을 사러 나간다. 부부끼리 느긋하게 보내는 시간이 아예 없는 것 아닐까. 외숙모의 건강을 유난스럽게 걱정하면서, 실제로는 전혀 돌보는 것 같지 않다.

"외삼촌도 조금은 쉬면 좋을 텐데요. 치루도 있는 분이."

커피를 느긋하게 마시며, 한심한 외삼촌을 생각하고는 한숨을 쉬었다.

"그러게. 치루도 있으니까 온천에라도 가서 느긋하게 지내면 좋을 텐데. 다카코 짱, 외삼촌과 외숙모 모시고 효도 여행이라도 다녀오지?"

과연. 그거 괜찮은 아이디어인데? 나는 조금 전까지 지쳤던 것도 잊고 기분이 들떴다.

"좋네요, 그거. 정말 좋아요."

어차피 외삼촌은 서점에만 매달리느라 그런 데 스스로 생각이 미칠 리 없다. 그렇다면 두 분에게 평소 감사하는 마음도 살짝 담아 내가 여행을 선물하면 어떨까. 전에 외숙모에게서 두 분의 결혼기념일이 11월 언제라고 들었다.

조금 이르지만 내가 주는 선물이라고 하면 된다. 뭐든 귀
찮아하는 외삼촌을 대신해 숙소도 기차도 전부 내가 예약
하자. 분명 두 분도 기뻐할 것이다.

"음, 괜찮은데? 모모코 씨도 그렇지만 사토루 씨도 가
끔은 숨을 돌리는 게 좋지. 그 사람, 팔랑거리는 것 같아
도 일할 때는 지나치게 성실하니까."

사장님의 말에 나는 더욱더 힘을 얻었다. 나는 그 김에
또 하나, 무엇보다 내게 좋은 아이디어도 생각났다. 그래,
이거 멋지다. 완전히 흥분했다.

"사부 씨도 가끔은 좋은 말씀을 하시네요."

"어이, 가끔이라니 너무하잖아."

"그래도 고맙습니다."

나는 진심으로 고마워서 사부 씨에게 감사 인사를 전했
다. 웬일인지 사부 씨가 조금 부끄러워하며 고개를 돌리고
"뭐, 잘됐군"이라며 웅얼웅얼 말했다. 보아하니 언제나 말
을 함부로 하는 사람이라 고맙다는 소리를 듣는 데 익숙하
지 않나 보다.

"고맙습니다, 사부 씨."

나는 일부러 한 번 더 말했다.

"아니, 됐다고, 그런 거."

사부 씨가 정말 부끄러운지 우물쭈물하며 커피잔을 입으로 가져갔다. 그 모습이 참을 수 없이 재미있었다.

"너도 참 촐랑촐랑해서 부럽군. 맨날 웃고 다니고."

"그래도 저요, 어떤 사람 눈에는 아주 어두운 사람으로 보이나 봐요."

"헹, 그놈 눈이 썩었네. 다카코 짱이 어두웠던 건 수면 괴물이었을 때지. 지금은 그냥 촐랑이야."

"그런가? 그럴지도요. 고마워요, 사부 씨."

"그러니까 그거 그만두라고. 근질거리니까. 그런 소리 또 하면 이제 말도 안 섞어줄 테다."

사부 씨가 등을 벅벅 긁으며 말했다. 나는 또 키득키득 웃었다.

"다카코 씨도 드디어 사부 씨를 괴롭히는 방법을 알았군. 자, 나폴리탄. 오래 기다리셨습니다."

사장님이 케첩이 듬뿍 들어간 나폴리탄을 테이블에 놓았다. 나는 정신없이 스파게티를 해치웠다. 배가 채워졌을 즈음에는 피로도 싹 달아났고, 와다 2호에 대한 분노도 이미 사라져 있었다.

6

외삼촌과 싸웠다.

서로 오랫동안 알고 지냈으면서 이렇게 싸움다운 싸움을 한 건 처음이었다. 게다가 싸운 원인이나 내용도 정말 시시했다.

발단은 바로 여행이었다. 스보루에서 외삼촌 부부의 효도 여행을 생각해낸 나는 집에 돌아오자마자 인터넷으로 괜찮아 보이는 온천지를 몇 군데 찾았고, 그중에 두 분이 좋아하는 곳을 골라달라고 한 다음 예약만 하면 끝인 단계까지 진행했다.

그래서 쉬는 날 오후에 들뜬 기분으로 모리사키 서점

에 갔는데, 외삼촌은 내가 출력해 온 여관 안내문을 보더니 순식간에 표정이 굳어졌다.

"그런데 이거, 평일이잖아?"

"주말보다는 한산할 테니까 좋잖아요. 가끔은 외삼촌도 서점에서 떠나서 쉬어야 해요."

"하지만 서점을 닫을 수는 없어."

나는 그 말을 기다렸다는 듯이 가슴을 펴고 말했다.

"그럴 줄 알고 제가 대신 봐드리려고 했죠."

사실 이번 계획에는 약간의 꿍꿍이가 있었다. 외삼촌 부부가 자리를 비우면 당연히 서점을 볼 당번이 필요해진다. 요즘 나는 며칠이라도 좋으니까 또 모리사키 서점에서 지내고 싶다고 내심 바랐다. 물론 외삼촌에게 부탁하면 2층 방에 머무는 것쯤 언제든 할 수 있지만, 그래서는 충분하지 않다. 아주 짧은 기간이라도 좋으니까 아침부터 밤까지 혼자 서점을 운영하고 그리운 그 방에서 밤을 보내고 싶었다. 그러면 감상에 젖었을 때 옆에서 "지로가 어디 있지!"라며 외삼촌이 산통을 깨는 일도 없겠지. 외삼촌 부부도 쉴 수 있고, 덤으로 나도 즐길 수 있다. 그야말로 일거양득인 계획, 이었을 텐데……

"아니. 다카코 너도 일이 있잖니."

"휴일이랑 맞출 테니까 괜찮아요."

"그렇다면 기쁘게 가볼까? 다카코도 참. 세심하네."

옆에서 듣고 있던 외숙모는 예상대로 눈을 반짝이며 기뻐했다.

"이봐, 마음대로 정하지 마."

외삼촌이 투덜거리자 외숙모는 "괜찮잖아, 가끔은. 모처럼 다카코가 우리를 생각해서 말해준 거니까" 하고 이야기했다. 덧붙여 "마음도 몰라주고" 하고 말하면서 외삼촌의 뺨을 꼬집었다.

"아니, 안 돼."

외삼촌은 새빨개진 뺨을 하고도 고집을 부렸다.

"무슨 일이라도 생기면 곤란하잖아."

"하지만 어차피 휴일에도 못 가잖아요?"

"그건 그렇지. 다음 주는 사이타마에 있는 요시무라 씨 댁에 매입하러 가기로 약속이 되어 있거든."

"그러니까 평일이 좋잖아요. 하루 이틀쯤은 나 혼자서도 괜찮다니까요. 조금은 믿어봐요."

"절대로 안 돼."

외삼촌이 단호하게 말했다.

"네? 대체 왜요?"

"아아, 틀렸어."

외숙모가 항복했다는 듯이 두 손을 모두 허공에 들고 말했다.

"이러면 이 사람, 무슨 소리를 해도 안 먹혀."

조금쯤은 반발이 있으리라 각오했지만 이 정도로 고집을 부리실 줄이야. 꿍꿍이가 다소 있기는 했지만 정말로 감사하는 마음으로 외삼촌 부부가 휴가를 즐기길 바랐다. 나는 너무 속상해서 외삼촌을 원망스럽게 바라보았다.

"그렇게 싫어요?"

"싫은 게 아니라 안 되는 건 안 돼."

"외삼촌, 진짜!"

"안 되는 건 안 돼!"

"두 사람 다 어린애도 아니고."

외숙모가 황당하다는 표정으로 끼어들었다.

"그냥 전처럼 나랑 다카코랑 둘이 가자. 이런 사람이랑 가는 것보다 너랑 가는 게 훨씬 좋아."

"그러면 의미가 없단 말이에요."

이래서는 정말 고집을 부리는 어린애나 다름없다. 하지만 나도 의지가 있다. 반드시 외삼촌을 쉬게 해서 여행을 보내겠다. 나도 외삼촌도 그렇게 한참이나 "가세요" "안돼" 하고 무의미한 응수를 주고받았다. 이미 처음 목적은 자취를 감추고, 어느 한쪽도 굽히지 않으려는 근성 대결로 변했다. 이렇게 무의미한 싸움도 흔치 않을 것이다.

"흥, 됐어요!"

결국 짜증이 치민 내가 그렇게 외치며 가게에서 나왔다.

흥분한 채로 등 뒤에서 문을 있는 힘껏 닫았다가 상상 이상으로 큰 소리가 나서 놀라 몸이 움츠러들었지만, 아무 일도 없었다는 듯이 그 자리를 떠났다.

그런 일이 있었던 다음 날.

나흘 만에 와다 씨와 만났다. 물론 만나는 장소는 스보루다.

그런데 그날, 무슨 일인지 와다 씨가 묘하게 딱딱한 표정으로 카페에 들어왔다. 그러더니 자리에 앉자마자 갑자기 이런 말을 꺼냈다.

"할 이야기가 좀 있는데……."

나는 몹시 당황했다. 도대체 무슨 일이지? 오늘 저녁
도 차분한 시간이 흐르리라 믿었던 나는 불시에 허를 찔
렸다.

"어? 왜 그래?"

내가 긴장해서 묻자 와다 씨도 응, 하고 긴장한 표정으
로 대답했다.

"장소를 좀 바꿔도 될까?"

그 말에 점점 더 불안해졌다

"저기, 그거 좋은 이야기야, 나쁜 이야기야?"

미리 각오해 두고 싶어서 물었다.

"그게, 좋은 이야기는 아닐 것 같아."

어쩌지? 나, 뭐 잘못했나? 머릿속이 혼란스러워서 어
제 외삼촌과 멍청하게 싸운 일도 싹 사라졌다.

"어, 어디 갈까?"

"으음, 어쩌지. 아니다, 역시 여기면 되겠지. 대단한 이
야기도 아니고."

이제 뭐가 뭔지 전혀 모르겠다. 아까는 그렇게 긴장했
으면서 이번에는 대단한 이야기가 아니라고 한다. 처음에
는 순간적으로 설마 결혼 이야기인가 했다. 최근 고향에

계신 엄마가 "너 결혼 언제 하니?" 하고 툭하면 전화를 걸어서, 나도 벌써 부모님에게 그런 걱정을 끼칠 나이가 되었다고 생각한 참이었다. 그래도 나쁜 이야기라면, 이건 역시 그거겠지. 너무해, 말도 안 돼. 나는 와다 씨와 아직 같이 있고 싶은데. 단순히 같이 있는 게 아니라 앞으로 오래오래 영원히 함께하고 싶다는 망상까지 했는데. 어쩌면 와다 씨는 나의 그런 마음을 민감하게 알아차리고 부담을 느낀 걸까.

"웃으면 안 돼."

머릿속이 점점 새하얘지고 있는데 와다 씨는 아랑곳하지도 않고 심각한 표정으로 물었다.

"드, 듣기 전이니까 잘 모르겠지만 아마 안 웃을 거야."

그보다는 웃지 못하지 않을까. 좋아하는 사람이 헤어지자고 하는데 웃다니, 얼마나 쇠심줄 같은 정신을 지닌 사람일까.

와다 씨는 표정도 바꾸지 않고 "알았어" 하며 차분하게 고개를 끄덕였다. 그러더니 내가 전혀 예상하지 못했던 말을 꺼냈다.

"저기, 사실은 소설을 써보려고 하는데……."

"어? 소설?"

이해되지 않은 그 단어가 머릿속에서 메아리쳤다. 소설을 쓴다고?

"응, 이상해?"

"아니, 이상하지 않은데…… 어? 그게 할 이야기였어?"

"그런데?"

의자에서 그대로 굴러떨어질 것 같은 기분이었다. 와다 씨는 역시 이해하기 어려운 면이 너무 많다. 힘이 쭉 빠져서 나는 아하하 웃고 말았다.

"아, 웃었어."

"이건 다른 웃음이야."

와다 씨가 충격받은 것처럼 말해서 나는 얼른 필사적으로 변명했다. 그러자 와다 씨는 "다른 웃음? 지금 건 대체 어떤 종류의 웃음인데?" 하고 진지하게 물었다. 안 돼, 도무지 이야기가 통하지 않아.

나는 물을 마시고 어휴, 한숨을 내쉬며 어떻게든 마음을 진정시켰다.

"나쁜 이야기라고 하니까 긴장했단 말이야……."

내가 중얼거리자 와다 씨가 놀란 표정을 지었다.

"나쁜 이야기라고는 안 했어. 좋은 이야기는 아니라고 했을 뿐."

"그게 나쁜 이야기라는 의미지……."

"그런가? 그럼 미안해. 그냥 별로 좋은 이야기는 아니라고 생각했을 뿐인데."

"와다 씨, 역시 조금 특이하다니까."

내가 긴장했던 앙갚음으로 약간의 비난을 담아 말하자, 와다 씨는 "그런가?" 하고 팔짱을 끼고서 자기 말에 대해 생각했다. 이대로는 도무지 대화가 진행되지 않으니까 내가 재촉해서 말을 돌리기로 했다.

"소설을 쓸 생각이라고?"

"응." 그제야 와다 씨가 하던 이야기로 돌아왔다. "사실은 고등학생 때부터 10년 가까이 써왔어. 최근에는 거의 안 쓰지만……. 그래도 다카코 씨나 모리사키 서점에 모이는 사람들과 알게 되면서 다양한 자극을 받으니까, 서점을 무대로 한 소설을 꼭 써보고 싶어졌어. 물론 무슨 상을 노린다거나 전업 작가가 되려는 건 아니야. 그저 쓰고 싶은 충동이 이미 사라진 줄 알았는데, 아직도 남아 있는 걸 알게 됐어. 그걸 이대로 끝내버리면 왠지 나한테 좋지 않을 것 같았어."

와다 씨가 말하면서 쑥스럽다는 듯이 웃었다. 단순한 나는 조금 전의 일은 잊고 감동했다. 게다가 와다 씨가 이렇게 깊은 속마음을 들려주다니 정말 기뻤다. 참 세심한 사람이다. 이야기를 들은 나로선 그렇게 대단한 일은 아닌 것 같은데, 본인은 내게 밝힐지 말지 굉장히 고민했을 것이다. 분명 자신에겐 그 정도로 중요한 일이겠지.

"괜찮을 것 같아. 나도 돕고 싶어."

"정말? 그럼 나야 기쁘지. 가능하면 모리사키 서점을 취재하고 싶거든."

"으음."

"무슨 문제 있어?"

"지금 사토루 삼촌이랑 싸웠거든."

"싸워? 점주님이랑? 다카코 씨도 화를 낼 때가 있구나. 왠지 의외다."

조금 전에도 나는 와다 씨에게 살짝 화를 냈는데 알아차리지 못했나 보다. 아무튼 이것만이 문제가 아니다. 외삼촌은 자기 조카의 연인이라는 이유로 와다 씨를 탐탁지 않아 한다.

우리가 사귀기 시작한 지 얼마 안 됐을 무렵, 소개도 할 겸 와다 씨를 서점에 데리고 간 적이 있다. 그때 와다 씨가 인사해도 원숭이 장식물처럼 굳은 외삼촌은 와다 씨를 완전히 무시하는 거친 수법을 썼다. 어쩔 수 없이 그를 데리고 얼른 가게에서 나와야 했다.

"혹시 점주님, 나를 싫어하시나? 나도 모르게 헌책방에서 지켜야 될 예의를 어긴 걸까?"

와다 씨는 그런 말을 하면서 미간에 주름을 잡고 고개를 갸웃거렸다.

"아니야, 그런 적 없어. 맨날 저래."

나는 최선을 다해 얼버무렸다. 가슴 속에서는 외삼촌을 향한 분노가 이글이글 타올랐지만.

와다 씨는 돌아가는 길 내내 "점주님, 인상이 참 밝은 분이었는데 왜 그러셨을까" 하고 중얼거렸다.

나중에 내가 혼자 서점에 가서 외삼촌의 태도에 분노를 터뜨리자, 외삼촌은 "그놈은 우리 서점의 손님으로 어울리지 않아"라고 떠들어댔고, 옆에서 모모코 외숙모는 고개를 절레절레 저었다.

"당신은 그냥 다카코를 빼앗긴 것 같아서 싫어하는 거

잖아."

"헛소리는. 나는 그저, 그런 학자 같은 분위기를 풍기는 놈은 왠지 싫다는 거야. 그런 놈일수록 꼭 개차반이라 여자를 아무렇지 않게 울린다고."

"개차반이라니……."

나는 분노를 넘어 기가 막혔다.

"다카코 너를 울리면 어쩌나 걱정하는 거다. 게다가 그놈, 나를 왜 '점주님'이라고 부르는데? 시건방진 호칭이야. 불쾌하기 짝이 없겠어."

"어휴, 정말이지. 당신도 그만 좀 다카코한테서 졸업해. 와다 씨, 참 좋은 사람이었잖아. 키도 크고 얼굴도 당신보다 천 배는 멋있었어."

"아무튼 그런 놈은 절대로 서점에 들이지 않겠어."

"흥, 전에는 '이 서점은 누구에게나 열려 있다' 같은 멋부린 소리를 했으면서. 여긴 결국 서점이 손님을 고르는 곳이네요?"

내가 냉담하게 말하자 외삼촌은 말문이 턱 막혔나 보다. 그러더니 자기가 난처하면 꼭 하는 말, "인간은 모순투성이인 동물이니까"를 그때도 반복했고…….

아무튼 나는 진심으로 와다 씨의 소설 집필을 돕고 싶었다. 내가 그렇게 말하자 와다 씨는 기쁜 표정을 지었다. 와다 씨가 기쁘면 나도 역시 기쁘다.

"점주님과 빨리 화해해야 돼. 아, 물론 내 소설과는 관계없이."

헤어질 때 와다 씨가 역 개찰구 앞에서 손을 흔들며 말했다.

다음 날, 퇴근길에 문 닫기 직전인 모리사키 서점에 들렀다. 외삼촌과 화해하기 위해서. 와다 씨도 그러라고 말했으니까 조금 울화통이 터지지만 어쩔 수 없다. 내가 굽히고 들어가면 된다.

그리고 모모코 외숙모⋯⋯. 외삼촌이 여행 가지 않겠다고 했을 때, 굉장히 아쉬워하는 것 같았다. 역시 외숙모를 위해서라도 외삼촌은 여행을 가야 한다. 그래서 나는 작전을 바꾸기로 했다.

"저기, 삼촌."

"뭐야?"

앞문은 이미 닫았으니 뒷문으로 들어가 말을 걸자 외

삼촌이 대놓고 경계하는 목소리로 대답했다. 밤이 되니 서점 안은 습한 냄새가 한층 더 강해지는 것 같았다.

"뭐야, 그렇게 경계하지 말아요."

나는 쓴웃음을 지으며 일단 외삼촌 비위를 맞추기 위해 뭐 좋은 책이 없는지 물었다. 외삼촌은 책 이야기를 하면 기분이 별로더라도 이내 좋아진다. 아주 편리하다. 지금도 싸운 것은 까맣게 잊고 내 이야기를 받았다.

"오오, 그거라면 어제 마침 좋은 게 들어왔어."

"와, 뭔데요?"

"이거. 그야말로 현대인이 지금 읽고 느낄 것이 가득 담긴 명문이지."

외삼촌이 다니자키 준이치로의 『음예예찬』이라는 책을 내게 건넸다.

"수필이네. 음예예찬이 무슨 뜻이에요?"

"으음, 아주아주 알기 쉽게 말하면, 나날의 생활 속에서 빛에만 시선을 주지 말고 어둠에도 시선을 주자, 거기에 미의식이 숨어 있다. 그리고 일본 전통미를 피부로 느끼자는 거야. 뭐, 이보단 훨씬 깊은 이야기가 적혀 있으니까 조금 어려울 수는 있는데 모처럼이니까 읽어보면 어떻겠니?"

"고마워요. 다음에 천천히 읽어볼게요."

"지금 읽어봐."

외삼촌이 얼굴을 불쑥 들이밀며 권했다. 어차피 내가 읽으면 옆에서 또 해설하고 싶어질 뿐이다. 나는 외삼촌에게서 도망치듯 몸을 젖혔다.

"지금은 괜찮아요. 다음에 조용하고 아무도 방해하지 않는 곳에서 차분하게 읽을래요."

"뭐야, 지금 읽으라니까. 서점은 한동안 열어둘게."

"그러니까 조용한 곳에서 읽고 싶다니까요."

"이렇게 조용한 곳도 없잖아?"

설마 자기가 그 조용함을 깨트리는 장본인이라고는 꿈에도 생각하지 않나 보다.

"그래서, 여행 말인데요."

내가 책을 책장에 돌려놓으며 말하자 외삼촌이 그러면 그렇지, 하고 금세 험악한 표정을 지었다. 그렇지만 나도 물러나지 않는다.

"도저히 안 된다면 어쩔 수 없지만요······."

나는 손톱만큼도 생각하지 않는 전제를 두며 고개를

살짝 숙였다.

"저, 매번 삼촌한테 기대기만 하니까 감사하는 마음을 표현하고 싶었어요. 그러니까 억지로 강요하는 건 아닌데요. 외숙모도 가고 싶어 하시니까 두 분이 느긋하게 다녀오면 참 기쁠 거예요."

나는 미리 생각해 온 대사를 최대한 감정을 담아서 말했다.

"앞으로도 삼촌이 계속 서점을 운영하면 좋겠어요. 그러려면 쉬는 법도 배워야죠. 그렇게 무리하시면 몸이 절대로 못 버텨요. 삼촌이 혹시 과로사한다고 생각하면, 전 가슴이 찢어질 것 같아요⋯⋯."

내 입으로 말하면서 온몸이 근질거렸다. 애초에 이 사람은 죽여도 죽을 것 같지 않은 사람이다. 과로사라니 너무 비약이다. 그러나 외삼촌은 이런 이야기에 터무니없이 약하다. 역시나. 나를 바라보는 눈에 벌써 눈물이 글썽거렸다.

"다카코, 너는 참⋯⋯."

"제 마음을 이해해 주시는 거죠, 삼촌?"

외삼촌은 감격한 듯이 몇 번이나 고개를 끄덕였다.

"그래, 그랬구나. 네가 그렇게까지 이 삼촌을……."

"뭐, 그래요. 그러니까 꼭 다녀와요."

내가 이때다 하고 말하자 외삼촌이 반사적으로 "아, 그러마" 하고 고개를 끄덕였다.

"그리고 모모코 외숙모를 잘 돌보는 거예요. 다음 주에 어때요? 나도 마침 괜찮은데."

"엉? 으응."

외삼촌은 어리둥절한 표정을 언뜻 지었으나 떨떠름하게 승낙했다. 작전 성공이다.

우리는 서점에서 나와 역까지 같이 걸어갔다. 외삼촌이 걷는 내내 "정말로 너 혼자서 서점을 꾸릴 수 있을까. 괜찮으려나" 중얼거려서 나는 가슴을 펴고 자신만만하게 웃으며 말했다.

"맡겨주세요."

이제 밤이면 상당히 추워지는 시기다. 나는 목도리를 든든히 둘렀다. 옆에서 여전히 중얼중얼하는 외삼촌이 내쉰 숨이 어두운 밤에 하얗게 둥실둥실 떠올랐다가 사라졌다.

7

아침, 잠에서 깨 이틀 치 옷을 담은 가방을 챙겨 모리 사키 서점에 갔다.

외삼촌 부부는 집에서 바로 여행지로 향하니까 오늘부터는 아침부터 밤까지 정말 내가 외삼촌 대신 가게를 꾸려야 한다. 그렇게 생각하니 가슴이 두근거렸다.

그래서 한 시간 가까이 일찍 집에서 나왔더니 하필 지하철 통근 시간과 겹치고 말았다. 내가 다니는 직장은 10시까지 출근이라 붐비는 시간과 조금 어긋나서, 이런 혼잡한 상황과 맞닥뜨리는 건 전 직장을 다닐 때 이후로 처음이었다. 당시엔 만원 전철에서의 행동 수칙을 나름

체득하고 있었으나 한동안 경험하지 않은 사이에 완전히 잊어버린 모양이다. 나는 인파에 우왕좌왕하고 흐름에 휩쓸리고 열기에 쩌지며 속으로 비명을 서른 번은 질렀다.

매일 아침 만원 전철에 시달렸던 시절에는 이상한 사람과 많이도 마주쳤다. 기분 나쁘게 혼잣말을 중얼거리는 사람, 고함을 지르는 사람, 대놓고 악의를 품고서 몸으로 들이받는 사람…… . 치한 소동에 주먹다짐까지, 같은 차량에 탄 사람을 모두 끌어들이는 소동도 자주 벌어졌다. 그런 장면을 아침부터 보게 되면 정말이지 지긋지긋하다. 오랜만에 살기등등한 전철에 몸을 맡기니 그 괴이한 행동들이 납득될 지경이었다. 이렇게 비참한 상황에 아침마다 갇혀 있다면 누구든 마음이 비뚤어질 게 분명하다.

지옥 같은 15분을 어떻게든 버텨 진보초역에 내려 서점으로 갔다. 아직 9시를 조금 넘긴 시간이다. 서점 영업시간은 10시부터니까 역시 너무 일찍 왔다. 어쩔 수 없으니 문을 열 때까지 청소나 하기로 했다. 구석구석 꼼꼼히 쓸고 닦느라 하도 열중했더니 금세 문을 열 시간이 되었다.

"어디, 해보실까."

기합을 넣고 서점 셔터를 올리며 당번 첫날을 시작했다.

아침에 문을 열어 가게를 보고, 밤이 되면 매출금을 금고에 넣고 셔터를 내린다. 비싼 책의 값을 매기는 건 내가 할 수 있는 일이 아니라서 책을 팔러 오는 손님에게는 사정을 설명하고 책만 받아두면 된다. 이삼일 정도라면 나혼자서도 훌륭하게 해낼 수 있을 거다.

골목을 둘러보니 다른 서점도 마침 문을 열려고 준비하는 중이었다. 어디선가 달짝지근한 금목서 향기가 났다. 서점에서 제일 가까운 대각선 앞 헌책방 주인인 이이지마 씨와 눈이 마주쳐서 "안녕하세요?" 인사했다.

"어라, 사토루 씨는?"

"오늘부터 여행이에요."

주인이 "세상에!" 하고 눈을 동그랗게 떴다.

"그거참 희한한 일이네. 이거 비라도 오는 거 아니야?"

"만약 온다면, 죄송합니다."

나는 일단 사과부터 해두었다.

여전히 오전 중에는 손님이 거의 오지 않았다. 그래도 이 정도는 평소와 같다. 나도 이미 익숙하다. 먼지떨이로 먼지를 떨며 느긋하게 손님이 오기를 기다리면 된다. 사실 나는 책에 둘러싸이기만 해도 좋아서 손님 없이 계속 이러고 있기만 해도 한껏 즐겁다.

그러나 아침부터 외삼촌에게서 세 번이나 전화가 와서 아닌 게 아니라 벌써 질려버렸다. 서점에서 멀리 떨어져 있으면 아무래도 걱정인가 보다. 상대하는 것도 지쳐서 나는 대충 달랜 뒤 전화를 얼른 끊었다.

시간이 아주 느긋하게 흘렀다. 오후까지 나는 간격을 두고 드문드문 오는 손님을 상대하고 먼지를 털거나 벽에 쌓인 책을 정리하다 궁금한 것을 주워 읽으며 보냈다.

모처럼이니 다니자키 준이치로의 『음예예찬』에도 손을 댔다. 체험담을 통해 말하는 음예라는 것에 대한 깊은 고찰. 일본의 밝은 도시에 느끼는 회의. 강렬한 문장에 바로 옆에서 육성으로 말하는 것 같았다. 흠뻑 빨려 들어간 나는 어느새 완전히 책 속에 빠지고 말았다.

시간이 흘러 오후가 되자, 정말로 비가 내리기 시작했다. 처음에는 가랑비였는데 점점 거세지더니 순식간에 사쿠라도리 전체를 까맣게 물들였다.

여기 헌책방 거리에서 비는 천적이다. 책이 젖으면 큰일이고, 오가는 사람도 금세 뜸해지니까. 책 수레를 정리하려고 허둥지둥 밖으로 나가자 어느 서점이나 마찬가지로 앞에 놓아둔 상품을 급하게 정리하고 있었다.

문을 열기 전에 비가 온다는 둥 농담을 했던 이이지마 씨도 비와 격투하는 중이었다.

"정말 비가 오다니."

"그러게요."

우리는 가게 앞의 수레를 처마 아래로 끌어오며 씁쓸하게 웃었다.

하늘은 두꺼운 구름에 뒤덮였고 빗줄기가 더욱 강해졌다. 역시 외삼촌을 여행 보낸 게 잘못이었나. 그쪽이라도 비가 오지 않으면 좋겠다.

"후유, 오늘은 한가하다가 끝나겠네."

혼잣말하며 다시 안으로 들어왔다.

미닫이문을 닫자, 밖에 있을 때 들리던 세찬 빗소리가 조용해지며 다정한 속삭임으로 바뀌었다. 비가 도로를 적시는 희미한 냄새가 서점 안으로도 들어와 헌책 특유의 냄새와 섞였다.

손님 발길이 뚝 끊겼다.

나는 계산대 안쪽 늘 앉던 자리에 앉아 한참 동안 그저 눈을 감고 있었다. 조용하다. 정말. 소리에 집중하자 창문을 똑똑 때리는 빗소리와 차가 비를 걷어차며 달리는 나지막한 소리가 희미하게 들렸다. 이러고 있으니 내가 이 서점과 하나가 된 듯한 신비한 기분이 든다. 나라는 존재가 녹아내리고 의식이 퍼지는 것 같다.

아니, 아니, 그건 안 되지. 나는 서점을 맡은 몸이니까. 아무리 한가하더라도.

그래도 이렇게 오랜 세월을 거치며 존재한 서적들 사이에 둘러싸이면 시간의 흐름 자체가 달라지고, 내가 그 흐름 속에 분명히 존재하고 있다는 것을 또렷하게 느끼게 된다. 헌책방이라는 생업이 정적인지 동적인지를 말하자면, 틀림없이 정적인 일이다. 물론 일을 쉽게 이원화할 수 있을 리는 없으나 그래도 헌책방은 그 이미지 전체가 정적인 느낌이다. 여기 이렇게 있으면 내 그릇과 딱 맞는 구멍에 감정이 들어가 있는 것 같아서 뭐랄까, 계속 이대로만 있고 싶은 기분이 든다.

외삼촌도 이런 기분을 느낀 적이 있을까? 하기야 나보다 훨씬 더 많이 느꼈을 테지. 이 가게는 외증조할아버지와 외할아버지에게서 외삼촌이 물려받은 서점이다. 외삼촌이 여기에서 서점을 운영하는 것에 자긍심을 느끼는 이유에는, 이 서점을 지켜온 사람들에게 품은 존경심도 있을 것이다.

나는 비로 뿌옇게 흐려진 창밖을 보며 하염없이 그런 생각을 했다.

4시를 지나 빗줄기도 약해졌을 즈음, 갑자기 덜컹덜컹 문이 열리는 소리가 났다.

"여, 실례하지."

너무 오랜만에 손님이 와서 문소리와 동시에 벌떡 일어났다가 사부 씨인 걸 알고 "어여차" 외삼촌 같은 소리를 내며 다시 앉았다. 보아하니 심심풀이로 내가 어떻게 하고 있는지 보러 왔나 보다. 얼굴에 완전히 놀러 왔다는 미소를 짓고 있다. 어디 한번 보자 싶어 따뜻한 차를 한 잔 건네자, 사부 씨는 절하는 시늉을 하고서 홀짝홀짝 소리를 내며 마셨다.

너무 조용해서 조금 불안해지던 참이라 나도 내심 사부 씨의 등장이 기뻤다. 그래서 잡다한 이야기를 잠깐 나눴다.

"어땠어, 오늘은?"

사부 씨는 외삼촌에게 늘 묻는 말투로 내게 물었다.

"파리 날려요."

내가 대답하자 사부 씨가 여느 때처럼 큭큭거리는 웃음소리를 냈다. 그 소리가 서점 안에 울려 퍼졌다. 조금전까지 조용했던 걸 생각하니 왠지 재미있었다. 사람 목소리가 들리면 가게 안의 분위기는 또 달라진다. 그건 그것대로 나쁘지 않다.

"다카코 짱도 참 특이하구먼. 아무도 안 오는 가게에 굳이 매주 찾아오고."

"사부 씨야말로 특이하세요. 이런 가게에 매일같이 오시고."

"아이고. 그렇게 말하면 부끄럽잖아."

"겸손해하지 마시고요."

"자네보다는 못하지."

"무슨 말씀을. 사부 씨는 못 이기죠."

우리는 느긋하게 차를 마시며 멍청한 소리를 진지한 얼굴로 나눴다.

사부 씨는 역시 아무것도 사지 않고 돌아갔고, 잠시 후 해가 지자 약해졌던 빗줄기도 완전히 그쳤다. 벽시계가 정확하게 시간을 알려주어 어느새 7시, 서점을 닫을 시간이 되었다. 긴 듯하면서도 순식간인 시간. 나는 천천히 일어나 문 닫을 준비를 했다.

마침 그때를 노린 것처럼 외삼촌이 또 전화를 걸었다. 나는 아무 문제 없이 서점을 닫았다고 말하고, 내일부터는 부탁이니까 전화는 한 번만 하라고 말했다.

"그럼 때를 봐서 세 번!"

외삼촌은 그렇게 외쳤는데, 아이고, 도대체 때는 무슨 때냐고…….

2층 방은 전보다도 훨씬 쾌적했다. 여기서 잠깐 지냈던 모모코 외숙모도 지금은 구니타치에 있는 집에서 외삼촌과 사니까 아무도 쓰지 않는다. 그래도 외숙모 덕분인지 안이 청결하고 책도 가지런히 정돈되어 있다. 내닫이창에는 제라늄과 거베라 화분이 놓여 있었는데, 물을 주라는 내용의 메모가 창틀에 붙어 있는 것이 외숙모가 남긴 듯했다. 혹시라도 깜박하면 큰일 날 것 같다. 방 중앙에는 나도 예전에 신세를 졌던, 낡고 자그마한 밥상이 오도카니 놓여 있었다.

다음으로 나는, 무서운 걸 보고 싶은 구경꾼의 심리로 옆방 미닫이문을 조금 열어보았다. 어둠 속에서 장서들이 방을 가득 채우고 있었다. 무뚝뚝하게 입을 다문 책들이 까만 윤곽으로 드러난 모습은 어딘지 기분 나쁘다. 나는 살그머니 문을 닫고 못 본 것으로 치부했다.

마침 그때 밥상 위에 올려놓았던 휴대전화가 울려서 움찔 몸이 떨렸다. 화면을 보자 와다 씨였다. 오늘 서점 당번을 한다고 말해둬서 마음이 쓰였나 보다.

"있을 만해?"

"응, 아주 좋아. 와다 씨는 바빠?"

"지금 일이 조금 몰려서. 아직 회사야."

"그렇구나. 고생이네. 그래선 소설도 쓰지 못하겠다."

"그건 느긋하게 할 테니까 괜찮아. 그럼 다시 일하러 갈게."

"응, 무리하지 말고. 바쁜데 고마워."

그 후로 간단히 저녁을 먹고 샤워까지 마치자 딱히 할 일이 남아 있지 않았다. 이부자리에서 뒹굴다가 책장에 꽂힌 책 중에서 한 권을 꺼내 팔랑팔랑 넘겼는데 졸음이 방해해서 집중할 수가 없었다. 그렇지만 이대로 자는 것도 왠지 아쉽다. 작은 거미가 천장을 느릿느릿 기어갔다. 한동안 넋을 놓고 그 움직임을 눈으로 좇았다.

잠시 후, 나는 벌떡 일어나 창문을 열었다. 갑자기 싸늘한 가을바람이 들어왔다. 먼 하늘에 은빛으로 반짝이는 달이 보였다. 거리의 소란스러움이 아주 멀리서 들렸다. 차가 내달리는 무거운 소리, 거리를 걷는 누군가의 대화 소리, 가까이에서 셔터를 내리는지 갑자기 철컹철컹 소리가 울렸고, 그 소리가 사라지자 주변이 더욱 고요해졌다.

"음예예찬."

이런 상황에 써도 되는지 모르겠지만 가만히 중얼거렸다. 방의 불을 끄고 창가에 앉아 눈을 감았다.

예전에는 이곳에서 이렇게 긴긴밤을 몇 번이나 보냈다. 그때는 시간이 이렇게나 흐를 줄 상상도 못 했다. 이미 그 나날들의 나는 없다. 먼 곳으로 가버렸다. 과거로는 절대 돌아갈 수 없다. 그렇게 생각하자 가슴속에 달콤하면서도 애달픈 기분이 퍼졌다.

하지만 그리 생각할 것도 없다. 지금 나는 예전보다 훨씬 행복하니까.

지금까지의 인생은, 평범했지만 평탄하진 않았다. 나

름대로 고민도 했고 넘어지기도 했다. 새까만 바닷속에 가라앉아 저 위로 올라가기 싫다고 생각한 적도 있다. 그래도 조용한 밤에 이러고 있으니 역시 나는 많은 것을 가졌고 좋은 만남을 숱하게 겪으며 도움을 받았음을 선명하게 느낀다. 그래, 정말 정말 좋은 만남이 많았다. 살짝 눈을 뜨자 보드라운 달빛이 창문 너머에서 쏟아졌다. 그 빛 속에 있으니 점점 더 행복한 기분에 안기는 것 같았다.

그러자 대체 무슨 영문일까. 어린 시절에 겪은 일들이 마치 닫힌 문이 갑자기 열리는 것처럼 하나둘 생각났다.

이래 보여도 나는 고민이 많은 아이였다. 어쩌면 어른이 된 지금보다 어렸을 때 더 고민을 잔뜩 안고 있었을지도 모른다. 외동에 소극적인 성격, 부모님 두 분 다 일이 바빠 같이 보낸 시간이 적은 탓에 불안이나 슬픔을 적절하게 처리하는 작업에 능숙하지 못했다.

남에게 말할 수 없고 해결의 실마리가 전혀 보이지 않는 문제나 슬픔이 점점 부풀어서, 밤에 자려고 누우면 거대한 풍선에 짓눌리는 것처럼 불안했었다. 물론 고민 자체는 지금 생각하면 하잘것없는 일이었을지도 모른다. 여름방학이 끝나면 해야 하는 철봉 거꾸로 오르기 테스트 때문에 우울하다거나, 벚나무 아래에 시체가 있다는 소문을 들어서 집 마당의 벚나무가 무섭다거나, 같은 반 남자아이가 나에게 '뼈다귀'라고 별명을 붙여서(키가 크고 비쩍 말랐다는 이유로) 절망적인 기분이 든다거나.

그때 나는 긴 방학 때마다 할아버지 댁에 가는 게 제일 즐거웠다. 그 집에는 나와 만나는 걸 기대하며 즐거워하는 사토루 삼촌이 있다. 그게 나에게는 큰 위안이었다. 외삼촌의 방은 내게 방어벽과 같았다. 거기까지 가면 이제 안심이다. 아무것도 걱정하지 않아도 된다.

외삼촌은 그 방에서 내가 맥락 없이 늘어놓는 이런저런 이야기를 언제나 다정하게 들어주었다. 몇 시간이든 말할 수 있었다. 그러다가 기어이 말하는 것도 질리면, 외삼촌의 레코드 수집품 중에서 적당히 하나를 꺼내 틀고 둘이서 큰 소리로 노래를 불렀다. 너무 시끄럽게 굴어서 마루에 친척들과 모여 있던 할아버지가 얼굴을 시뻘겋게 붉히고서 방까지 들어 와 혼낸 적도 있다. 나와 외삼촌은 시무룩한 표정으로 반성한 척했지만 나중에 둘만 남으면 키득키득 웃었다. 학교에서는 늘 무기력했던 나인데 외삼촌과 둘만 있으면 어찌나 당당해지던지 평소의 내가 아닌 것 같았다.

말로 제대로 표현하지 못하는 불안이 조금씩 작아지는 것 같았다. 그때까지는 세계가 점점 줄어드는 기분이었는데, 외삼촌과 있으면 활짝 열리는 것 같았다.

생각해 보면 그때 외삼촌과의 기억은 전부 그런 식으로 따스한 볕뉘 속에 머무는 것들이다.

그때가 그리워서인지, 돌아가고 싶어서인지 나도 잘 모르겠지만 왠지 조금 울고 싶어졌다.

나는 달빛만 내리쬐는 방에서, 문 안쪽에 잠들어 있던 따스한 기억들을 하나하나 소중히 풀어내다가 이윽고 잠에 들었다.

8

　다음 날 아침은 맑은 가을 하늘에 조각구름이 많이도 떠서 화창했다. 물웅덩이가 눈부신 아침 햇살을 받아 반짝반짝 빛났다.

　"오늘은 비 안 오겠지?"

　이이지마 씨가 골목 건너편에서 자신 없는 목소리로 내게 물었다.

　"그럴 것 같은데요……."

　"오늘도 내리면 있지, 다음에 사토루 씨가 여행 간단 소리를 들으면 전력으로 막으려고."

　농담인지 진담인지, 이이지마 씨는 그런 소리를 하며

117

다시 문을 열 준비를 했다.

그래도 걱정이 무색하게 하늘이 종일 버텨주었다. 덕분에 서점은 어제보다 훨씬 바빴다. 아침부터 드문드문 나타났다가 떠나는 손님이 끊이지 않았다. 5000엔이나 하는 고바야시 히데오의 책도 한 권 팔렸다.

점심 전에는 웬일로 대학생쯤으로 보이는 여학생 두 명이 왔다. 둘 다 분위기 있는 친구들이었는데, 꽃무늬 원피스를 입은 여자는 비싸 보이는 SLR 카메라를 목에 걸고 있었다. 두 사람은 책을 하나하나 여유 있게 살펴보더니 마지막에 추천할 책이 있는지 물었다. 한참 고민하다가 시마자키 도손의 『새벽 전』을 추천하자 마음에 들었는지 구매했다.

"사진을 찍어도 괜찮을까요?"

떠나기 전 카메라를 든 여학생이 공손하게 물었다. 학교 과제라고 한다.

"아, 네. 그러세요."

내가 말하자 여학생은 눈을 반짝이며 얼른 서점 내부 사진을 찍기 시작했다.

"아, 가능하면 언니도요."

그렇게 말해서 나는 마지못해 계산대 안쪽 의자에 앉았다. 표정이 너무 딱딱했는지 "저기, 평소 같은 느낌으로 해주시면 안 될까요"라고 조심스러운 목소리로 부탁받았으나, 카메라를 앞에 두고 그럴 수 있을 리가. 애초에 평소 한가할 때는 늘 멍한 표정으로 앉아 있다. 이런 억지스러운 표정은 사진을 현상했을 때 웃음거리만 제공할 뿐이다. 결국 나는 아무렇게나 핑계를 대 도망치듯이 가게 구석으로 물러났다.

"사실은 전부터 서점 분위기가 좋아서 사진을 찍고 싶었어요."

경쾌하게 셔터 소리를 내며 여학생이 내게 말했다. 같이 있던 학생도 옆에서 생글생글 웃는다. 참 느낌 좋고 귀여운 친구들이다.

"와, 정말요?"

"정취도 있고 분위기가 진짜 좋아요."

"아, 그러고 보니 그렇죠."

나는 태평하게 대답했다. 낡은 목조건물의 모습은 확실히 정취 있다고 할 만하다. 사실 처음 서점에 왔을 때 내 감상은 '낡았네'였지만.

"그래도 평소에는…… 저기…….."

"아아, 이상한 아저씨가 있어서 말을 걸기 어려웠다?"

내가 히죽거리며 묻자 여학생이 당황해서 허둥지둥했다.

"아, 아니, 그게 아니라……. 네, 맞아요."

"역시 그렇죠."

두 사람이 어리둥절해하거나 말거나 나 혼자 소리 내 웃었다.

"덕분에 큰 도움이 되었어요. 정말 고맙습니다. 책도 꼭 읽을게요."

여학생들은 사진을 한바탕 찍고는 정중하게 인사하고 서점에서 나갔다.

그 뒤로도 나름대로 바쁘게 지냈더니 어느새 저녁이 되었다. 장부를 확인하고 오늘분의 매상을 금고에 넣은 뒤, 간단히 청소를 마치고 서점을 닫았다. 오늘은 어제와 다르게 외삼촌에게서 전화가 한 번도 오지 않았다. 드디어 나를 신용할 마음이 생겼나. 앞뒤가 안 맞지만, 전화가 없으니 없는 대로 괜히 섭섭했다. 아무튼 문을 잘 닫고 먹을 것을 사러 외출할 계획이었다.

오늘 밤에는 도모 짱이 놀러 오기로 했다. 내가 오랜만에 서점에서 지낸다고 전화로 알리자, 일을 마친 뒤에 꼭 놀러 오고 싶다고 했다. 도모 짱은 전에 내가 서점에서 살았을 때도 몇 번이나 놀러 온 적 있고, 여길 아주 마음에 들어 한다.

9시쯤에 도착한다고 하니까 그동안 빈 시간을 활용해, 여기서 생활했던 때의 모모코 외숙모를 본받아 저녁을 준비해 둘 생각이다. 늘 외숙모가 외삼촌이 먹을 점심을 차리기에 밥과 조미료는 있다. 닭고기와 톳조림, 두부튀김에 꽁치소금구이, 유부와 순무된장국에 차조기를 넣은 밥. 모모코 외숙모에게 배운 순수 일식 메뉴다. 가스레인지가 1구여서 생각보다 요리에 시간이 걸렸다. 이런 설비로 매일 저녁 그렇게 맛있는 음식을 만들었다니 외숙모에게 감탄했다.

딱 9시가 된 순간 1층 뒷문에서 "안녕하세요!" 하는 명랑한 목소리가 들려왔다. 나는 계단을 내려가 도모 짱을 반겼다.

"어, 맛있는 냄새가 나네요?"

"응, 요리하는 중이었어. 도모 짱, 저녁 아직이지? 같이 먹으려고."

"와, 너무 죄송한데."

"에이, 무슨 소리야. 나도 먹을 건데."

도모 짱은 전에 스보루에서 아르바이트했던 친구로,
거기에서 알게 되어 친해졌다. 처음 만났을 때부터 왠지
친해질 것 같다는 직감이 들었다. 나중에 그렇게 말했더
니, 기쁘게도 도모 짱 역시 그때 같은 생각을 했다고 한
다. 이후로 도모 짱은 나의 소중한 친구가 되었다.

어딘지 의젓한 말투와 하얀 피부, 윤기 흐르는 까만 머
리. 동양적인 미인이란 도모 짱 같은 사람을 가리키는 말
일 거다. 게다가 도모 짱은 대학원에서 일문학을 전공한
수재다. 지금은 대학 도서관에서 사서로 일한다고 들었
다. 오늘은 시크한 까만 원피스를 입고, 새 모양 펜던트가
달린 은 목걸이를 했다. 도모 짱은 자기에게 잘 어울리는
옷을 자연스럽게 아나 보다.

도모 짱에게 도움을 받아 요리를 밥상에 차렸다. 둘이
먹기에는 상이 너무 좁지만 어쩔 수 없다.

"와, 이 방 오랜만이에요. 역시 마음이 차분해져요."

도모 짱은 밥상 앞에 털썩 앉더니 방을 둘러보며 진심

어린 목소리를 냈다. 그러다가 어제 내가 이부자리에 누워 외삼촌 부부처럼 여행 기분에 잠기려고 읽기 시작한 우치다 햣켄의 『바보 열차』가 창가에 놓여 있는 것을 눈치 빠르게 알아차렸다. 도모 쨩은 "아, 나도 이거 읽었어요" 하며 눈을 반짝였다.

『바보 열차』는 1950년대에 쓰인 여행 수필이다. 이 책의 작가에게 여행의 특별한 목적 같은 건 없다. 특별히 어딘가 가보고 싶은 것도 아니라 그저 무심히 여행을 떠나는 것 자체가 목적이다. 그때그때 기분에 따라 떠오른, 따지고 보면 헛되고 무의미한 발상을 이미 환갑을 맞이한 남자가 참으로 진지하게 따라가는 것이 재미있다. 물이 졸졸 흐르는 듯한 문장도 깊이 있고, 읽다 보면 여행하는 기분을 맛볼 수 있으며 덤으로 당시 풍토나 생활도 엿볼 수도 있다.

"햣켄 선생님, 멋지죠."

도모 쨩이 생글거리며 말했다. 햣켄 선생님이라고 자연스레 부르는 걸 봐도 깊은 애정이 느껴진다.

"응, 최고야. 또 같이 다니는 히말라야 산케이 군도. 이 콤비가 정말 사랑스럽다니까."

"저도 같이 여행 가고 싶어져요."

"진짜로 가면 까다로운 사람이라 영 힘들겠지?"

"그래도 유쾌한 아저씨 같아서 귀엽지 않아요?"

도모 쨩이 우후후 귀엽게 웃었다. 웃는 얼굴을 보면 왠지 모성애가 차올라 이상하게 두근거린다.

도모 쨩은 밥을 꼭꼭 씹으며 천천히 먹는다. 나는 이상하게 식사할 때는 성질이 급해져서 빨리 먹는 편이라 이번에는 도모 쨩을 따라 천천히 먹었다. 다행히 요리는 도모 쨩에게 제법 호평받았다. 도모 쨩은 원래 소식파이고 요즘 바빠서 식사를 건너뛰기 십상이라 집밥을 오랜만에 먹는다고 했다. 맞은편에서 "맛있다" 하고 웃으며 말해주는 도모 쨩을 보니 나도 자연히 웃음이 나왔다.

저녁을 같이 먹으며 많은 이야기를 나눴다. 각자의 일 이야기, 최근 읽은 책 이야기. 자주 메시지를 주고받고 통화를 해도 역시 직접 만나서 대화하는 쪽이 기분 좋다. 우리는 밥을 다 먹고도 밥상에 둘러앉아 계속 대화를 나눴다.

"그나저나 도모 쨩이 도서관 사서가 되다니 진짜 잘 어울린다."

"대학 도서관이지만요. 사실은 국회 도서관을 동경했

124

는걸요."

"아, 국회 도서관은 옛날에 출판된 책까지 전부 가지고 있는 데지?"

"맞아요. 채용 시험에 떨어졌지만요."

"그랬구나. 아깝다."

"그래도 지금 직장은 크진 않아도요, 서고에 귀중한 옛 문헌도 꽤 보관하고 있어서 두근거려요. 음, 대학생들의 젊은 혈기는 저에게 벅차서 때때로 곤란하지만요."

둥글둥글 굴러가듯 부드러운 목소리로 말한다. 도모 짱은 젓가락도 우아하게 잘 써서 꽁치가 가시와 뼈만 남았다. 내가 먹고 난 흔적은 그리 칭찬할 게 못되는 것과 반대다. 가정교육을 잘 받았겠지. 도모 짱의 본가는 지역에서 제일 큰 건축 회사를 운영한다고 하니까 도모 짱은 이른바 부잣집 딸내미다. 본인은 "그렇게 대단한 건 아니에요"라고 주장하지만.

"젊은 혈기라니, 나이도 별로 차이 안 나잖아?"

"그래도 저는 이제 그런 기운까진 못 내니까요."

"남학생이랑 괜찮은 분위기가 되는 일은 없고?"

도모 짱 같은 사람이 도서관 안내대에 있으면 열광하

는 학생도 제법 있지 않을까. 나는 머릿속으로 도모 짱을 멀리서 보며 앓는 남학생의 모습을 멋대로 상상했다. 도모 짱은 그런 나의 망상을 시원하게 잘라냈다.

"아니요, 전혀요. 그보다 다카코 씨는 어떠세요? 와다 씨랑 순조로워요?"

"앗, 아아, 응."

갑자기 내게 화살이 돌아와서 허둥거렸다. 마침 그때를 노린 것처럼 휴대전화가 울렸는데, 와다 씨의 메시지였다. 서점에 잠깐 들러도 되는지 묻는 내용이었다. 일이 막 끝났는지 직장에서 나오려는 참인가 보다.

"와다 씨가 오고 싶다는데 괜찮을까?"

"그럼요. 만나보고 싶어요."

와다 씨 이야기를 도모 짱에게 자주 하지만 아직 두 사람이 만난 적은 없었다. 마침 좋은 기회니까 와다 씨도 부르자. 셋이 있기에는 너무 좁은 방이지만.

'도모 짱도 와 있는데 괜찮다면 와.'

그렇게 답을 보내자 10분도 지나지 않아 창밖에서 "나 왔어" 하고 부르는 소리가 들렸다.

"어서 와."

계단을 올라와 모습을 드러낸 와다 씨를 맞이했다.

"안녕하세요. 처음 뵙겠습니다."

옆에서 도모 짱이 서글서글하게 웃으며 인사했다.

"아, 도모 짱씨. 말씀 많이 들었어요. 모쪼록 잘 부탁합니다."

와다 씨가 도모 짱에게 꾸벅 고개를 숙였다.

"'씨'는 필요 없지 않아?"

내가 웃으며 농담을 건넸지만 도모 짱은 와다 씨의 성실한 태도에 부응하듯 몸가짐을 바로 하고 고개를 숙였다.

"아니에요, 저야말로 잘 부탁드립니다."

"와다 씨, 저녁 아직이지? 미안. 우리는 먹었어. 올 줄 알았으면 와다 씨 것도 준비했을 텐데."

"아니야. 신경 쓰지 마. 잠깐 있다가 갈 거니까."

와다 씨는 왠지 몸을 들썩들썩 움직이며 안절부절못했다. 방 한쪽 구석에 혼자만 부자연스럽게 정좌하고 있었다. 왜 그러느냐고 물어보니, 처음으로 2층 방에 와서 흥분된다고 대답했다.

"점주님의 허락 없이 멋대로 방 안을 들여다보는 것도 죄송하고⋯⋯."

듣자 하니 방을 핥듯이 둘러보고 싶은 욕구를 필사적으로 억누르는 중인가 보다.

"말은 그렇게 하면서 이미 왔잖아?"

내가 어이없어하며 말했다.

"아니, 나도 모르게 호기심에 져버려서……. 그래도 최후의 일선을 넘으면 안 돼. 번뇌에 굴복해 예의를 어길 수는 없지. 게다가 모리사키 씨는 나를 싫어할 가능성이 크니까."

와다 씨는 괴로운 표정을 지으며 정좌한 자세로 굳은 채 꼼짝하지 않았다.

"다카코 씨 말대로 재미있는 분이네요."

"그렇지?"

우리가 웃음을 꾹 참으며 고개를 끄덕이자, "어? 내가 뭐가 재미있어요?" 하고 와다 씨가 타고난 성실함을 발휘하며 진지하게 물었다. 우리는 결국 참지 못하고 같이 웃음을 터뜨렸다.

어젯밤과 다르게 왁자지껄한 밤이었다.

막차 시간이 다가와 도모 짱이 자리에서 일어나게 되

자, 와다 씨도 같이 나가기로 했다. 바깥 공기를 조금 마시고 싶어서 나도 두 사람과 도중까지 동행했다.

도모 짱과 지하철 입구에서 헤어진 뒤 나는 곧바로 와다 씨에게 물었다.

"도모 짱, 멋진 사람이지?"

"응, 정말."

와다 씨가 도모 짱과 만나 어떤 반응을 보일지 내심 두근두근했는데 반응이 더할 나위 없이 담담했다. 내심 안심했지만, 한편으로는 자랑스러운 친구의 멋진 점을 알아주지 않는 것 같아서 분하기도 했다. '왜 그 매력을 몰라주지?' 하고 답답했다.

그런데 와다 씨가 머뭇거리면서 말을 이었다.

"그래도 저 사람⋯⋯."

"왜?"

"아니, 왠지 모르게 거기 있으면서 그 자리에 없는 것 같아서."

"응?"

"으음, 뭐라고 해야 하나. 고독에 익숙한 사람 같았어. 정확히는 스스로 고독 속에 있으려는 사람이지 않을까."

"그런가? 전혀 그런 느낌이 아닌데."

너무 의외여서 나는 와다 씨의 말을 잘 이해하지 못했다. 도모 짱은 누구에게나 사랑받는 밝은 사람이라고 줄곧 생각했다.

"자기 몸을 지키는 방법을 안다고 해야 하나? 잘 표현하기 어려운데, 나도 그런 면이 있으니까 민감하게 느꼈을지도 몰라. 눈이 마주쳤을 때 같은 유형의 사람이라고 느꼈어. 그래도 나랑 첫 대면이라 긴장했을 뿐이겠지. 미안, 잊어줘."

그 말을 듣고 나는 도모 짱보다 와다 씨가 마음에 걸렸다. 지금 그 말……. 역시 전부터 느꼈는데, 와다 씨는 내게도 마음을 완전히 터놓지 않는구나 싶어 쓸쓸해졌다.

"나도 여기까지면 돼."

와다 씨가 큰길 신호등 앞에 멈춰 서서 말했다.

"서점에서 자고 갈래?"

나는 농담인 척 권했다.

"아니, 그건 점주님의……."

"응, 알아."

나는 그의 말을 막았다. 너무도 짐작한 대로인 대답이

어서 실망할 것도 없다. 그래도 짐작했던 대답인 게 조금 슬펐다.

"잘 자."

나는 그런 기분을 들키지 않기 위해 와다 씨의 대답을 기다리지 않고 발걸음을 돌려 서점까지 달려왔다.

다음 날은 아침부터 기분이 좋지 않았다.

나는 의자에 멍하니 앉아 생각에 잠겼다. 와다 씨와 알게 된 이후로 내 머릿속은 긍정파와 부정파로 분열해 툭하면 논쟁을 벌인다. 오늘은 논쟁이 과열되기만 했다.

사소한 언행 하나에도 일일이 반응해서 애정의 깊이를 재려는 스스로가 끈적거리고 성가신 인간이라고 생각한다. 그렇지만 한편으로 누군가를 좋아하게 되면 원래 그런 법 아닐까, 하는 생각도 든다.

그러면 '그 사람을 그만큼 좋아해서 그러는 거야' 하고 긍정파인 내가 변명하는데, '바로 그러니까 네가 성가신 성격이라는 거야' 하고 부정파인 나도 곧바로 반박한다. 부정파, 오늘도 컨디션 호조. 긍정파, 오늘도 컨디션 난조.

"저기⋯⋯."

갑자기 누가 말을 걸어서 깜짝 놀랐다. 당황해서 고개를 들자, 다카노 군이 책장 틈에 마치 숨듯이 서서 나를 빤히 바라보고 있었다.

"앗, 다카노 군, 언제 들어왔어?"

"방금요."

시계를 보니 벌써 점심때였다. 카페 휴식 시간에 찾아온 모양이다. 다카노 군은 미키마우스 같은 캐릭터가 프린트되어 있는 닳아빠진 7부 티셔츠만 하나 입고 있었다. 이상하게 추운 계절에도 늘 얇게 입는다. 마음이 소년이기 때문일까?

"왔으면 말을 걸어야지. 그리고 너무 조용히 들어오지 말아 줘."

"아, 죄송합니다. 말을 걸긴 했어요. 그런데 복잡한 표정으로 생각에 잠겨 있으셔서……."

다카노 군은 자기가 왜 혼나는지 이해할 수 없다는 표정으로 머리를 긁적였다. 나도 화풀이한다는 자각이 있어서 상당히 멋쩍었다.

"그래서 무슨 일인데?"

나는 헛기침을 해 마음을 새롭게 하고서 그에게 물었다.

"다카코 씨가 그저께부터 혼자 가게를 본다고 사장님한테 들어서요."

"응, 맞아."

"그래서 저기, 할 이야기가 좀⋯⋯."

"그러니까 그게 뭐냐고."

다카노 군이 자꾸 우물쭈물하니까 점점 답답해지기 시작했다.

"그게요, 아이하라 도모코 씨 일인데요."

"도모 쨩?"

이거 데자뷔인가. 전에도 지금과 완벽하게 똑같은 상황이 있었는데. 나는 혼자 서점에 있고, 다카노 군이 왔고, 도모 쨩의 이름이 튀어나오는⋯⋯.

다카노 군은 도모 쨩을 좋아한다. 그것도 열렬하게. 그때 다카노 군은 도모 쨩과 친한 내게 다리를 놔줄 수 있냐고 부탁하러 왔다. 다만 그럭저럭 친해지자마자 도모 쨩이 취업 준비 때문에 카페 아르바이트를 그만둬서 결국 그 이상의 진전은 없었다.

"흐응, 뭔데?"

나는 계산대에 팔꿈치를 대고 턱을 괸 채 무심하게 물

었다. 솔직히 내 일로 머리가 꽉 차서 다카노 군이 무슨 이야기를 하든 흥미가 없다.

"그렇게 대놓고 귀찮다는 듯이 말하지 말아주세요."

다카노 군이 시무룩하게 말했다.

"어차피 하루하루 행복하게 살아가는 다카코 씨는 이해 못 하겠죠."

"저기, 그쪽에서 찾아와서 말 꺼내놓고 혼자 자포자기 하지 마."

"자포자기하지 않고 배길 수 있겠어요."

그러더니 다카노 군이 자조적인 미소를 지었다. 뭐 이리 우울한 사람이 다 있담. 대놓고 무기력한 모습에 나는 조금 질렸다. 어젯밤 도모 짱이 여기 왔었다는 말은 하지 않는 편이 낫겠다.

"아무튼 이야기 좀 들어주실 수 있어요?"

다카노 군이 서글프게 한숨을 쉬었다. 그리고 이런 이야기를 시작했다.

도모 짱이 카페를 그만둔 후에도 두 사람은 메시지를 (주로 책 이야기를) 계속 주고받았다. 그러나 먼저 메시지를 보내는 것은 늘 다카노 군이었고, 불편을 끼치지 않으려고 나름대로 간격을 두며 보내왔다고 했다. 그런데 두 달쯤 전에 오랜만에 메시지를 보냈더니 답이 없는 것을 넘어 메시지 자체가 발송되지 않았다. 이후 몇 번이나 보냈으나 매번 발송 오류가 나서 도모 짱에게 도착하지 않았다나…….

"그거, 수신 차단됐다는 거야? 내가 보낸 메시지는 멀쩡하게 가는데?"

다른 사람도 아니고 도모 짱이 그런 일을 할까. 만약 그랬다면 다카노 군이 어지간히 심한 짓을 한 것 아닐까? 나는 시험 삼아 그 자리에서 '어젯밤에는 와줘서 고마워. 또 보자'라고 메시지를 써서 보냈다. 역시 송신이 완료됐다는 내용이 멀쩡하게 화면에 표시되었다.

내가 휴대전화를 내밀자 다카노 군이 잡아먹을 듯 들여다보았다. 한동안 침묵하던 그가 천장을 올려다보며 외쳤다.

"대체 왜!"

"다카노 군, 도모 짱 집 앞에서 기다리거나 쓰레기봉투를 뒤지거나 도청 장치를 설치한 적 없어?"

아무리 기다려도 상대에게 사랑이 전해지지 않자 일

그러져 잘못된 방향으로 가버리는 이야기가 종종 있으니……. 그러나 다카노 군은 얼굴을 시뻘겋게 붉히고 전면 부정했다.

"제가 왜 그런 범죄를 저지르는데요! 그야 분위기 파악을 못 한다고 사장님한테 자주 잔소리를 듣지만, 아이하라 씨한테 심한 짓을 하거나 스토킹 같은 짓을 한 적은 없어요."

"그렇지? 미안. 도모 짱이 그러는 건 이상하니까 일단 확인한 거야. 애초에 심약한 다카노 군이 그런 대담한 짓을 할 리 없지."

"그러니까요!"

다카노 군이 가슴을 펴며 단호히 말했다.

바로 그때 도모 짱에게서 답이 바로 왔다. 마침 점심시간이었나 보다. '어제 맛있는 저녁을 대접해 주셨으니까 다음에는 우리 집에 놀러 오세요'라는 내용이었다. 나는 기뻐서 '그럼 다음 주에!' 하고 답을 보냈다. 다카노 군이 이제는 절망적인 눈빛으로 나를 바라보았다.

"대체 왜죠? 대체 왜? 왜 다카코 씨만?"

절박한 목소리로 호소했다. 그런 걸 물어도 내가 어떻

게 알겠나. 그래도 어젯밤 도모 짱이 얼마나 귀여웠는지 가 생각나서 다카노 군에게 동정심이 들었다. 나도 남자 였다면 다카노 군처럼 도모 짱을 사랑했을지 모른다. 수 신 차단을 당하면 일주일은 몸져누웠을 거다. 게다가 어 제는 나와 와다 씨의 관계에만 정신이 팔려 있었는데, 다 카노 군의 이야기를 듣고 나니 와다 씨가 한 말도 마음에 걸렸다.

"그래서 다카노 군은 어떻게 하고 싶어?"

"책을 찾고 싶어요."

"으잉?"

다카노 군이 맥락에 안 맞는 뜬금없는 소리를 해서 얼 빠진 소리를 냈다. 책을 찾는 것과 도모 짱이 대체 어떻게 연결되지?

"아이하라 씨가 갖고 싶어 하는 책이 있어요. 한참 전 인데요. 스보루에서 아이하라 씨가 사장님이랑 대화하다 가 계속 찾고 있는 책이 있다고 말한 적이 있어요. 지금까 지 찾지 못했다고 해요. 저는 옆에서 듣기만 했는데……."

"무슨 책인데?"

"아마 『황금색 꿈』이라는 제목일 거예요. 작가 이름은 잊어버렸는데 옛날 일본 작품이 아닌가 싶어요. 제 생각에 소설일 것 같은데요."

"그래서 그 책을 찾아 선물하겠다고?"

"다음 달 14일이 아이하라 씨 생일이잖아요? 가능하면 그때 주고 싶어요. 저는 책을 자세하게는 모르지만 다카코 씨라면 알까 해서요."

그런 제목의 책은 이 서점에서도 한 번도 본 기억이 없다.

"만약 선물했다고 치고, 그래서 다카노 군은 도모 짱이 뭘 어떻게 해주길 바라?"

"아니요. 바라는 건 하나도 없어요. 그냥 자기만족이에요. 선물했으니까 저를 봐달라거나 환심을 사고 싶다는 생각은 없어요. 정말로 저를 피하는 거라면 다카코 씨가 주는 걸로 해도 좋아요."

다카노 군이 기특하게도 그런 소리를 했다. 그의 말에서 도모 짱을 진심으로 생각하는 마음이 느껴졌다. 초등학교 음악 시간에 배운 동요 「도나 도나」의 가사에 나오는, 팔려 가는 송아지의 '슬픈 눈동자'란 아마 지금 다카노 군의 눈동자 같은 거겠지.

"아이하라 씨에게 저는 그저 아르바이트하던 곳의 동료일 뿐이겠지만, 저는 아이하라 씨의 미소 덕분에 일을 그만두지 않고 노력할 수 있었어요. 그러니까 몇 년 동안의 감사한 마음을 어떤 방법으로든 전하고 싶어요. 아이하라 씨가 기뻐하면 그걸로 만족해요."

"응, 알았어."

이런 속내를 들었으니 나도 협력하지 않을 수 없다.

"그러면 나도 책 찾는 거 도울게. 그리고 우리가 같이 준다고 하면 문제없을 거야. 도모 짱이 기뻐하면 나도 좋으니까."

"고맙습니다."

다카노 군이 그제야 아주 조금 밝은 표정을 지었다.

그날 밤, 서점을 닫을 시간이 가까워졌을 때 외삼촌 부부가 상황을 보러 왔다. 여행을 마치고 곧바로 구니타치의 집으로 가면 됐을 것을, 역시 외삼촌이 오겠다고 고집을 부렸나 보다. 나는 아무 문제도 없었다고 의기양양하게 보고했다. 온천 효과 덕분인지 모모코 외숙모의 피부에 평소보다 윤기가 흘렀다.

"정말 즐거웠어."

외숙모가 그렇게 말하며 선물로 사 온 특산물 온천 만주를 내밀었다. 그러나 외삼촌은 모모코 외숙모 옆에서 어딘지 부루퉁한 표정으로 서 있었다.

"그러고 보니 이틀째부터는 전화를 전혀 걸지 않으셨네요?"

외삼촌은 "웅……" 하고 대꾸할 뿐이었다. 기분 탓일까, 기운이 없어 보였다.

걱정이 들어 외숙모를 바라보자 "아아, 오랜만의 여행이라 조금 지쳤나 봐"라고 말했다.

"거기에서 충분히 즐겼으니까 괜찮아."

"흐음, 그래요?"

나는 조금 이상하다고 생각하면서도 더는 추궁하지 않았다. 둘 다 즐거웠다면 그걸로 만족한다.

"그럼 서점 문은 제가 닫을 테니까 맡겨주세요."

마지막까지 책임을 다하고 싶어서 두 사람을 먼저 돌려보냈다.

내일부터는 나도 다시 출근이다. 모리사키 서점에서 보낸 짧은 나날도 끝이다. 서점에서 좀 더 지내고 싶은 마음도 있지만 어쩔 수 없지. 나는 셔터를 확실히 내리고 내 집으로, 그리고 평소 생활로 돌아갔다.

9

한 주가 지나자 추위가 한 걸음 물러나 다시 따뜻한 날
씨가 돌아왔다. 낮에는 재킷을 입으면 더울 정도다.

나는 다카노 군과 약속한 대로 도모 짱이 갖고 싶어 한
다는 『황금색 꿈』이라는 책을 찾아보기로 했다. 헌책을 찾
는다면 역시 외삼촌에게 묻는 게 확실할 테니 우선 외삼
촌에게 물어보았다.

그런데 외삼촌은 그런 책은 본 적도 들은 적도 없다고
했다. 옛날 일본 책이라고 했으니 외삼촌이라면 당연히
알고 있을 줄 알았는데. 예상이 완전히 빗나갔다. 게다가
평소라면 자기가 모르는 책이 있다니, 하며 정색하고 나

서서 나보다 열심히 조사했을 텐데, 외삼촌은 이번 일에 그다지 흥미를 보이지 않았다.

요즘 들어 외삼촌은 영 상태가 이상했다(예전부터 이상한 사람이지만 그것과는 다른 의미로). 최근에는 유난히 지쳐 보였다. 걱정이 돼서 "괜찮아요?" 하고 물으니 "뭐가?" 하고 오히려 되묻는 걸 보면 그렇게까지 걱정하지 않아도 될 것 같지만.

어쩔 수 없이 나는 퇴근길에 헌책방을 돌아다니며 성실히 찾아보기로 했다. 다카노 군은 소설일 거라고 예상했으나, 외삼촌이 모르는 걸 봐선 아닐 가능성도 충분히 있으므로 그림책 전문점에도 찾아갔다.

몇천 권이나 되는 헌책의 산더미에서 약간의 실마리를 붙들고 책 한 권을 찾다……. 보물찾기랑 비슷해서 생각보다 재미있을 것 같다. 솔직히 말해서 다카노 군을 위하는 마음도 물론 있지만, 책 자체에 느끼는 호기심도 강했다. 도모 쨩이 그 정도로 원하는 책이 대체 뭘까. 재미있을까. 혹시 읽으면 즉시 인생관이 달라진다거나? 지난주부터 와다 씨 때문에 머릿속이 복잡해서 그런 책이 있다면 나부터 읽고 싶다는 마음이 한층 더 컸다.

그러나 예상 이상으로 수색은 난항을 겪었다. 서점을 아무리 돌아다녀도 책을 발견하기는커녕 그 책의 존재를 아는 사람조차 찾지 못했다. 와다 씨에게도 물어보았는데 역시 모른다고 했다. 아무래도 도모 짱이 원하는 책은 어지간히 마이너한 책인가 보다. 하지만 찾기 어렵다는 걸 알게 될수록 내 흥미도 더욱더 높아졌다.

그래서 이번에는 외삼촌에게 부탁해 고서회관에서 열리는 경매에 참여해 보기로 했다.

경매는 헌책방을 운영하기 위한 책을 한꺼번에 얻을 수 있는 가장 큰 기회다. 애당초 경매에 정기적으로 참여하지 않고 헌책방을 꾸리는 것은 불가능에 가깝다고 한다. 당연히 고서회관의 경매에는 진보초 헌책방 주인들이 모두 모인다. 이곳이라면 정보도 얻기 쉽고, 일일이 헌책방을 둘러보지 않아도 진귀한 책과 만날 수 있다.

사실 나로서는 그다지 편한 곳은 아니다. 모르는 사람이 많아서일까. 비교적 차분한 분위기인데도 찌릿찌릿 엄숙한 공기가 흘러서 긴장하게 된다.

경매가 실제로 시작되면 나 같은 사람은 끼어들 수 없다. 그러니 매물을 먼저 살펴보는 자유 시간을 틈타 외삼

촌을 쫓아다니며 찾는 책이 있는지 살펴보았다. 외삼촌
도 이때만큼은 집중해서 매물을 살피고 메모도 하니까 방
해가 되면 면목이 없다. 나는 입을 다물고 한 권씩 제목을
자세히 살폈다. 그러나 아쉽게도 그런 책은 역시 보이지
않았다. 알고 지내는 서점 주인들에게 물어도 모른다는
대답만 돌아왔다.

"으음."

나는 회장에서 슬쩍 빠져나와 복도에 서서 신음했다.
이 거리에서 이렇게 찾는데도 보이지 않는다면 도대체 어
디에서 찾을 수 있을까. 물론 내가 못 찾는 걸 수도 있지
만. 다카노 군도 서점을 부지런히 돌아다니고 인터넷으로
정보를 수집했다고 한다. 그런데도 그쪽 역시 이렇다 할
성과를 거두지 못했다.

결국 스보루에서 다카노 군과 대화를 나눈 끝에 이제
는 헌책 축제에 기대를 걸 수밖에 없다고 의견을 모았다.

10월 말부터 11월 초에 개최되는 헌책 축제는 진보초
의 연간 행사 중 가장 큰 이벤트다.

평소에는 시간이 차분하게 흐르는 거리가 이 일주일만

큼은 전혀 달라진다. 거리 일대에 헌책이 담긴 수레나 책 꽂이가 쭉 놓이고, 야키소바나 과일 사탕 따위를 파는 노점상도 선다. 사람들도 많이 찾아온다. 당연히 모두 책을 찾아서. 나도 이 계절이면 가슴이 들뜬다. 책을 사랑하는 사람들이 이렇게 많다는 걸 알면 기쁘다. 한정적인 사람들만이 원하는 공간 같았던 진보초라는 거리가 사실은 이토록 많은 사람에게 사랑받는다니, 하며 나 혼자 감동한다.

물론 모리사키 서점도 매년 참여한다. 그러나 원래부터 규모가 작은 가게여서 큰길에 늘어선 대형 서점과 달리 앞에 아담하게 수레를 두고 할인하거나 서점 안에 특가 책 코너를 두는 정도다. 올해는 모모코 외숙모가 그런 일을 전부 준비해 준 덕분에 내가 도울 일이 거의 없어 보였다. 축제를 아주 좋아하는 외삼촌은 매년 이 기간이면 난리가 나서 영업이고 뭐고 뒷전인데, 외숙모는 그 문제도 "이번에는 외숙모가 단단히 고삐를 쥘 테니까 맡겨줘"라고 말했다.

나는 회사 사정 때문에 하루만 갈 수 있었다. 그래도 그날만큼은 아침부터 서점 일을 도우며 참여했다. 이벤트 부스가 서는 큰길에서 들려오는 활기찬 음악이 서점까지 들려오고, 포장마차가 선 사쿠라도리에서는 달짝지근한 소스 냄새나 고기 굽는 구수한 냄새가 바람을 타고 흘러들었다.

점심으로는 외삼촌이 노점상에서 사 온 오코노미야키와 프랑크푸르트 소시지를 셋이 서점 앞에 나란히 서서 먹었다. "이거 맛있네" 하고 정신없이 먹는 외삼촌 옆에서 모모코 외숙모는 냉정하게 말했다.

"괜히 분위기 때문에 그런 거지, 그렇게 대단한 맛은 아닌 것 같은데."

이후 해가 저문 뒤, 일을 마친 다카노 군과 함께 『황금색 꿈』을 찾아 거리를 돌아다녔다.

우리는 인파 속을 바쁘게 걸으며 말 그대로 끝에서 끝까지 서점을 둘러보았다. 다카노 군은 옆에서 걸으며 쓸쓸하게 중얼거렸다.

"3년 전에는 아이하라 씨도 같이 있었는데."

그 말대로 그때는 도모 쨩도 있었다. 그런데 지금은 수신 차단이라니……. 어쩌면 다카노 군에게는 그날이야말로 '황금색 꿈'이었는지도 모른다.

한정된 시간 안에 엄청난 수의 서점을 전부 돌아볼 수

는 없으니 도중부터 분담해서 찾기로 했다. 한 시간 후에 모리사키 서점 앞에서 만났다. 그 결과 내 쪽은 수확 없음. 다카노 군도 서점에 돌아왔을 때의 표정을 보니 결과를 물을 것도 없었다.

그렇게 축제도 끝날 시간이 되어 밤에는 나와 다카노 군, 외삼촌 부부, 이렇게 넷이서 카레를 먹으러 갔다.

"흐음, 결국 못 찾았단 거네. 뭐, 어쩔 수 없지."

식욕 없는 다카노 군과 달리 모모코 외숙모가 쇠고기 카레를 왕성하게 먹으며 말했다.

"나도 모르는 책이라서. 도와주지 못해서 미안해, 다카노 군."

외삼촌도 다카노 군에게 동정 어린 말을 건넸다. 물론 외삼촌의 카레는 순한맛이다.

"아뇨, 아닙니다."

다카노 군은 고개를 격렬하게 좌우로 흔들었으나 어깨가 축 처진 것을 딱 봐도 알겠다.

나 역시 지칠 대로 지쳐서 이렇게까지 해서 찾아도 이득이 있을까 하는 생각이 들기 시작했다. 이렇게 우회적인 방법을 쓰지 말고 차라리 도모 짱에게 물어보는 편이

낯지 않을까. 애초에 도모 쨩이 지금도 그 책을 손에 넣지 못했다는 확증도 없다. 그러나 설령 무의미하다는 사실을 알아도 다카노 군은 역시 최선을 다하고 싶겠지. 그런 면이 다카노 군의 장점인 걸 아니까 나도 괜한 소리는 하지 않기로 했다.

"찾지 못하는 건 어쩔 수 없지. 다카노 군이 이렇게 찾아주는 것만으로도 도모 쨩은 기뻐할 거야."

"그럼, 그럼. 과정이 중요하니까."

"그럴까요?"

"애초에 책 한 권에 여자를 낚으려고 하다니 한심하긴 하지만."

모모코 외숙모가 말하자, 다카노 군이 테이블 위로 몸을 불쑥 내밀며 필사적으로 반론했다.

"그럴 생각은 아니에요. 낚다니요. 그런 의도는 진짜 전혀 없어요."

"어머, 그래?"

"그렇대요." 나는 다카노 군을 옹호하며 말했다. "무엇보다 다카노 군, 메시지도 차단당했는걸요. 그런 대담한 생각을 할 수 있을 리가 없죠."

"앗, 뭐야. 그 정도로 미움받아? 그거 비참하네."

모모코 외숙모는 허공을 올려다보며 다카노 군에게는 사형 선고나 마찬가지인 절망적인 평가를 내렸다. 외삼촌이 옆에서 "어이, 당신" 하고 나무랐다.

"다카코 씨……."

어째서인지 다카노 군이 원망스러운 눈으로 나를 바라보았다.

"아, 미안. 나도 모르게."

나는 얼른 두 손으로 입을 막았다. 그러나 이미 늦었다. 그러고 보니 수신 차단은 비밀로 해달라고 했었지.

"얘, 입이 아주 가벼우니까 조심해야 해."

"아니야. 다카코는 입도 지갑도 제법 무거워."

"아무튼 다카코 씨까지 끌어들여서 정말 죄송합니다."

외삼촌 부부의 괜한 소리는 무시하며 다카노 군이 내게 고개를 숙였다.

"무슨 소리야. 나는 나대로 이것저것 구경했으니까 즐거웠어."

"그러면 괜찮지만요. 죄송해요."

"괜찮다니까. 그래도 생일 파티는 도모 짱이 좋다고 하면 하자. 내가 말해볼 테니까."

내가 다카노 군에게 말했다. 다카노 군은 다정한 사람이어서 풀이 죽었는데도 내게도 넘치도록 마음을 쓴다. 그런 사람이니 주변 사람들에게 사랑받는 것이겠지. 도모 짱도 조금은 그를 봐줘도 좋지 않을까, 하고 나는 내심 생각했다.

그 주 일요일, 네즈에 있는 도모 짱의 집에 놀러 갔다. 이번이 처음 가는 것이다. 도모 짱은 주말에 쉬니까 퇴근길에 들르기로 했다. 역에서 5분도 안 걸리는 2층짜리 여성 전용 연립주택의 2층 끝이 도모 짱의 집이다.

역 앞에서 산 케이크를 들고 초인종을 누르자, 도모 짱이 바로 나와 "어서 오세요" 하고 웃으며 환영해 주었다.

도모 짱의 집은 내가 혼자 상상했던 모습과 거의 다르지 않았다. 간소하고 깔끔하고 세련된 집. 커튼도, 가구도, 침대 커버도 전부 따뜻한 느낌을 주는 색으로 통일했다. 인테리어 감각이 돋보이는 젊은 여성의 집이라는 느낌이다. 딱 한 가지, 책장이 지나치게 거대하다는 점을 제외하면……

천장까지 닿는 책장이어서 업자에게 따로 주문한 가구인지 묻고 싶어졌다. 물론 책장 안에는 틈 하나 없이 책이 가득 꽂혀 있다. 자그마한 헌책방도 열 수 있을 듯하다. 친구 집에 방문하면 책장 사정이 궁금한 게 당연지사. 도모 짱이 홍차를 준비하는 동안 나는 거대한 책장을 신중하게 살펴보았다. 대부분 일본 고전 소설인데, 보들레르나 로덴바흐 같은 외국 작가의 책도 있고 『어스시 시리즈』나 『반지의 제왕』 같은 판타지 소설도 있었다(일단 보이는 바로는 나와 다카노 군이 찾는 책이 꽂혀 있진 않았다).

"이거 이사할 때 큰일이겠다······."

내가 책장을 올려다보며 말하자 "맞아요!" 하고 도모 짱이 자기가 하고 싶은 말이었다는 듯이 대답했다.

"여기 있는 것만으로도 열 상자는 나오거든요. 이래 봬도 책을 더 늘리지 않으려고 노력하는데요. 다카코 씨는 정리할 때나 이사할 때 어떻게 해요?"

"음, 나는 아직 이 정도는 아니니까. 그리고 소장하는 데 집착하지 않아서 한꺼번에 팔기도 해."

"그렇구나."

도모 짱의 목소리가 시무룩해졌다.

"저도 좀 더 팔아야겠죠? 그래도 마음에 드는 책은 아무래도 팔고 싶지 않아서…….'

차를 마시고, 도모 짱이 만들어준 손이 많이 갔을 듯한 동남아 요리를 맛있게 먹으며 도모 짱의 스물여섯 살 생일이 곧이니까 그쯤에 같이 식사라도 하자고 제안했다. 의외로 생일날인데 일정이 없다고 해서 당일 저녁에 보자고 순조롭게 약속을 잡았다.

"다카노 군한테도 말해도 돼?"

내가 이야기의 흐름을 타서 물었는데, 이름을 듣자마자 월남쌈을 먹으려고 했던 도모 짱의 젓가락이 우뚝 멈췄다. 그러더니 도모 짱은 갑자기 괴로운 표정으로 나를 봤다.

"다카노 군이요?"

"응, 안 돼?"

"아니요, 안 되는 건 아닌데…….'

도모 짱이 우물쭈물 말을 머뭇거렸다. 그 말투에서 더 파고들기 망설여질 정도로 도모 짱이 곤란해하는 것을 알 수 있었다. 뭔가 깊은 사정이 있을지도 모른다. 그렇지만 다카노 군을 위해서도 그가 무슨 잘못을 했는지만이라도 확인하고 싶었다. 나는 성급한 말투로, 다카노 군에게 들은 이야기를 도모 쨩에게 그대로 말하고는 무슨 일이 있었냐고 넌지시 물었다.

"그게 그러니까······."

도모 쨩은 더욱 우물쭈물했다.

"이제 아르바이트도 그만뒀으니까 연락할 일도 없을 줄 알고······."

그런 소극적인 이유로 도모 쨩이 수신 차단이라는 극단적인 선택을 할까? 애초에 다카노 군과 도모 쨩은 전에는 제법 사이가 좋았다. 내 눈에는 그대로 자연스럽게 연인 사이가 되어도 이상하지 않게 보일 정도였다. 역시 다카노 군이 돌이킬 수 없는 실수라도 저지르지 않은 한 설명이 안 된다.

"혹시 다카노 군이 뭐 나쁜 짓이라도 했어?"

"설마요."

놀란 듯이 고개를 든 도모 쨩이 그것만은 극구 부정했다. 나도 그 말을 듣고 가슴을 쓸어내렸다. 어느새 다카노 군의 엄마라도 된 듯한 심경이었다.

"그런 일은 전혀 없었어요. 다카노 군은 마음이 정말

순박한 사람이라고 생각하고 존경하기도 해요. 그러니까 그 사람은 아무 잘못도 없어요. 나쁜 건 저예요."

도모 짱은 그렇게 말하더니 입술을 일자로 다물고 또 고개를 숙였다. 눈동자에 눈물이 맺힌 것을 보고 나는 완전히 동요했다.

"아니야, 도모 짱. 도모 짱이 왜 나빠. 다카노 군의 마음을 받아들이지 못하는 건 네 탓도 아니고 누구 탓도 아니니까."

말하고 나서야 괜한 소리를 했다는 걸 알아차렸다. 다카노 군이 그녀를 좋아한다는 사실은 아직 단 한 번도 화제에 올린 적 없었다.

"미안, 저기⋯⋯."

"괜찮아요. 다카노 군이 나한테 호감을 품은 것도 알고 있었어요. 오래전에 셋이 헌책 축제에 갔을 때 왠지 그런 것 같다고 생각했어요. 그래도 알면서도 계속 모르는 척했어요. 다카노 군이 아무 말도 안 하는 걸 핑계로 계속 모르는 척하면서 친구로 지냈고요."

"그래도, 그렇다고 그게 나쁘지는⋯⋯."

"아니에요. 저, 안 돼요. 이성이 저한테 호감을 보이면요. 갑자기 무서워져서 받아들이지 못해요. 그 마음을 받아주면 제가 아닌 다른 사람이 될 것 같아서 무서워요. 제가 생각해도 이상하지만, 어쩔 수 없어요."

도모 짱은 이제 탁자 위의 요리에 전혀 손대지 않고 있었다. 계속 아래를 내려다본 채로 입을 다물었다. 커다란 눈동자에 고인 눈물이 당장이라도 흐를 것 같았다. 의도치 않게 도모 짱을 몰아붙인 것만 같아서 보기만 해도 가슴이 아팠다. 침묵만 깔린 방에 천장의 형광등이 지이익 희미하게 소리를 냈다.

더 들어도 될지 망설이는데, 도모 짱이 그걸 알아차렸는지 "조금만 더 괜찮을까요? 두서없을 것 같긴 하지만 그래도 이야기하고 싶어서……" 하고 말했다.

"그럼 내가 차를 새로 타 올까?"

나는 도모 짱이 더 우울해지지 않도록 밝은 목소리를 냈다.

"따뜻한 걸 마시면 조금은 진정되니까."

"아, 그럼 제가……."

나는 일어나려는 도모 짱을 말리고 부엌에 가서 조금 전에 쓴 찻잔과 주전자를 빠르게 헹궈 새로 홍차를 우렸다. 도모 짱은 "고맙습니다" 하고 찻잔을 받아 천천히 입으로 가지고 갔다.

"다카노 군은 나쁘지 않아요. 나쁜 건 저예요."

방금 했던 말을 어느 정도 차분해진 모습으로 되풀이했다.

"다카코 씨한테 전에도 얘기했죠. 제가 책을 읽게 된 계기."

"어, 아마 언니 영향으로……."

"맞아요. 다섯 살 위인 언니가 있거든요. 어려서부터 저는 책 읽는 것 외에도 뭐든지 언니를 따라 하려고 했어요. 언니는 저랑 달리 재능도 있고 머리도 좋고 뭐든 잘하는 사람이었어요. 조금 성격이 괄괄한 면은 있었는데 저한테는 늘 다정했고요……."

도모 짱은 그때 기억을 떠올리는지 한동안 눈을 감았다가, 곧 다시 이야기를 시작했다.

"언니는 고등학생 때부터 쭉 사귀는 사람이 있었어요. 언니와 대조적으로 말수가 적은 사람이었죠. 사실은 언니도 그 사람한테 영향을 받아서 책을 읽기 시작했어요. 그리고 저는, 그런 것까지 영향받지 않아도 되는데 언니랑 똑같이 그 사람을 좋아하게 됐어요. 첫사랑이란 거였죠. 그래도 초등학생 때는 그런 것도 모르고 자주 놀아달라고 하기만 했어요. 제 마음을 깨달은 건 중학생이 된 후예요. 그래도 언니와 그 사람은 누가 봐도 잘 어울리는 커플이었으니까 그런 마음을 입 밖에 꺼낼 생각은 오래도록 없었어요. 저는 두 사람이 함께 있고, 가끔 저를 사이에 끼워주기만 해도 만족했어요."

도모 쨩은 그쯤에서 차를 한 모금 마시고, 내 반응을 살피는 듯이 이쪽을 힐끔 봤다. 내가 '잘 듣고 있어'라는 의미로 묵묵히 고개를 끄덕이자, 도모 쨩은 너무도 슬픈 표정으로 웃었다.

"그런데 제가 막 열일곱 살이 됐을 때 언니가 사고로 죽어서……. 언니가 대학에 다닐 때 타던 버스가 반대편에서 졸음운전을 하던 차와 정면충돌했어요."

도모 쨩은 입술을 꼭 다물고, 아주 잠깐 언니의 죽음을 애도하는 듯 눈을 감았다. 내가 뭔가 말하려 했으나 그녀가 고개를 저으며 막았다.

"언니가 죽어서 저도 죽을 만큼 슬펐고 정말 가슴이 찢어질 것 같았어요. 그래도 어느 정도 지나 보니 제 마음

어딘가에 다른 감정이 있는 걸 알아차렸어요. 이제 일이 이렇게 됐으니까 그 사람도 저를 바라봐 주지 않을까, 하고 기대하는 감정이었어요. 너무, 너무 추악하고 시커먼 감정이었죠."

"그건…… 도모 쨩……."

도모 쨩은 고개를 숙이고 바닥의 한 점을 뚫어져라 바라보았다. 마치 너무도 어두운 바다를 바라보는 것처럼. 나는 머릿속을 아무리 뒤져도 도모 쨩에게 해야 할 말을, 저 눈빛을 부드럽게 달랠 말을 도저히 찾을 수 없었다.

"그런 생각을 한 제 자신을 용서할 수 없어요. 누가 무슨 말을 해도 그건 변하지 않아요. 그렇게 좋아했던 언니가 죽어서 슬픈데도 저는……."

도모 쨩은 거기까지 말하더니 갑자기 번쩍 고개를 들고 면목 없다는 듯 말했다.

"죄송해요. 이야기가 너무 어둡죠."

나는 몇 번이나 고개를 좌우로 흔들었다.

"그래서 언니의 연인이었던 사람은……."

"언니 장례식 이후로 한 번도 만나지 않았어요. 가족 모두 친하게 지냈으니까 그 사람은 여전히 우리 부모님을 종종 만나러 오는 것 같아요. 새로 연인이 생겨도 계속요. 저도 만나고 싶어 하나 봐요. 그래도 제가 그 사람과 만날 일은 앞으로 평생 없어요. 그때 솟구친 제 감정을 두 번 다시는 생각하기 싫어요. 이건 다른 사람이 상대여도 마찬가지예요."

"그래서 다카노 군처럼 누가 호감을 보이면……."

"네, 무서워져서 도망쳐요. 그만하라고 소리치고 싶어져요. 저는 남이 좋아할 만한 인간이 아니에요……. 그러니까 저는 최대한 누군가의 연애 상대가 되지 않게 긴장하고 살려고 했어요. 그런데 다카노 군은 언제 어느 때나 친절하고 순수하잖아요. 저도 조금 기대고 말았어요. 그 결과 다카노 군도 나쁜 일을 겪게 해서……. 최악이에요. 다음에 제대로 사과해야겠어요."

"그래도 도모 쨩, 그러면 슬프지 않아?"

"슬플 때는 책을 읽어요. 몇 시간이나 계속요. 책을 읽으면 술렁거리던 제 마음이 다시 잔잔함을 되찾아요. 책 속에 있는 세계라면 푹 빠져도 아무에게도 상처 주지 않으니까……."

도모 쨩이 그렇게 말하며 웃어 보였다. 그러나 그 미소는 지금까지 내가 본 도모 짱의 어떤 표정보다 슬픔으로 가득했다. 아니, 내가 그녀를 멋대로 밝고 마음씨 좋은 사람이라고 믿고, 그 내면의 표정을 전혀 보려 하지 않았는지도 모른다.

그러나 이제 알았다고 해서 내가 그녀의 얼어붙은 마음을 녹일 말을 생각해 낼 수 있을까?

도모 짱은 "들어줘서 고마워요. 조금은 마음이 후련해졌어요"라며 웃었지만, 나는 그녀에게 아무 말도 하지 못했다. 그러한 이유로 책을 읽는 도모 짱이 그저 너무도 애처로워서 가슴 안쪽이 꽉 조여드는 아픔을 느꼈을 뿐이었다.

도모 짱의 집에 다녀오고 이틀 뒤, 가랑비가 내리는 저녁이었다.

모리사키 서점에 얼굴을 비추고 돌아가는 길에 와다 씨와 만날 약속도 없고 해서 두 번째로 좋아하는 카페 '킷사쿠'에 들렀다. 도모 짱에게 들은 이야기가 여전히 가슴 안에 소용돌이쳤다. 안타까운 기분이 길게 이어진 나머지 바로 집에 갈 마음이 들지 않았다.

그곳에서 한 시간쯤 멍하니 있다가 그만 집에 가려고

우산을 쓰고 큰길을 걸어 진보초역으로 가는데, 조금 앞서 걷는 남성에게 자연스레 시선이 멎었다.

익숙한 재킷과 뒷모습. 틀림없다. 와다 씨다. 일을 마치고 지금 집에 가나 보다.

나는 말을 걸려고 종종걸음으로 다가갔는데, 와다 씨가 신호등 앞 약국에서 우뚝 멈췄다. 그러자 만날 약속이 있기라도 한 것처럼 어떤 여성이 달려와 그의 앞에 섰다.

빨간 우산 아래로 옆얼굴만 언뜻 봤을 뿐인데 누구인지 바로 알았다. 와다 씨가 전에 사귀던 여성이 분명했다. 모리사키 서점에서 봤을 때와 옷차림이나 분위기가 크게 달라지지 않았다.

뭔가 대화를 나누는지, 와다 씨가 그녀에게 고개를 끄덕였다. 나는 순간적으로 백반집 간판에 몸을 숨겼다. 내가 생각해도 왜 그렇게 숨었는지 모르겠는데, 정신을 차리자 그렇게 하고 있었다. 잠시 그러고 있었더니 둘이 나란히 걸어갔다.

나 대체 뭐 하는 거람? 그렇게 생각하면서도 두 사람에게서 조금 거리를 유지하며 그 뒤를 따라갔다. 이래서야 뒤를 쫓는 것 같잖아. 하지만 맞는 말이다. 이걸 미행이 아니면 뭐라고 하겠는가. 가랑비가 내리는 야스쿠니도 리는 우산을 쓰고 퇴근하는 남녀로 꽉 차서 와다 씨와 그 녀는 뒤를 쫓는 나를 전혀 깨닫지 못했다. 두 사람은 그대 로 길을 따라 쭉 걸었고, 잠깐 멈췄다가 바로 앞의 프랜차 이즈 카페로 자연스럽게 들어갔다.

나는 한참이나 카페 앞을 이리저리 오갔다. 두 사람이 바로 나오지 않을까 하고. 퇴근하는 회사원들이 가게 앞에 서 어슬렁거리는 나를 민폐라는 듯 곁눈질하며 지나갔다.

10분쯤 그러고 있었을까. 내 머리는 냉정한 것 같으면 서 한편으로 매우 혼란스러웠다. 주위를 보자 어느새 빗 줄기도 제법 약해져서 길을 가는 사람도 우산을 접고 걷 고 있었다.

"아아" 하는 멍청한 소리를 내뱉고는 나도 우산을 접었 다. 그리고 터벅터벅 다시 역을 향해 걷기 시작했다.

10

그날 밤 목격한 장면이 생각 이상으로 내게 타격을 주었나 보다.

이상하게 매일 마음이 술렁이고 밤에도 잠을 못 잤다. 책을 읽을 마음도 들지 않았다. 회사에서는 클라이언트에게 보낼 데이터에 중대한 실수를 하는, 말도 안 되는 잘못까지 저질렀다. 와다 2호에게 무지막지하게 혼난 것은 물론이다. 물론 이것만큼은 100퍼센트 내 책임이었다.

한마디로 나는 그날 밤부터 완전히 망가졌다. 아무것도 손에 잡히지 않을 만큼.

게다가 밤에 집에서 혼자 이불을 덮고 있으면 시시한

생각만 자꾸 하게 된다.

연인이란 뭘까. 천장을 바라보며 멍하니 생각한다. 우리는 영화를 보고 밥을 먹고 서로의 집에 묵기도 한다. 그러나 상대방의 마음속에 들어가지 못하면 함께하는 것이 아니지 않을까. 나는 와다 씨에게 도대체 어떤 존재일까. 그에게 그날 밤의 일을 물어볼 권리가 나에게 있을까. ······아니, 권리를 생각하는 것 자체가 이미 어딘가 어긋난 느낌이다.

이래놓고 다카노 군에게 건방진 소리를 늘어놓고 있었다니. 고작해야 정신연령이 중학생 수준인 주제에.

와다 씨와 대화하는 것도 두려웠다. 전에는 그가 전화를 걸기를 애타게 기다렸는데, 지금은 휴대전화 화면에 이름이 뜨기만 해도 도망치고 싶어진다.

그날 밤 이후에도 휴대전화 너머에서 들려오는 와다 씨의 목소리는 평소와 같았다. 평소처럼 다정하고 차분한 목소리. 예전에는 그 목소리를 들으면 마치 잔잔한 호수 수면을 바라보는 것처럼 안심이 되었다. 그러나 지금은 그 목소리가 너무도 멀게 들린다.

"왜 그래?"

말을 제대로 못 하는 내게 와다 씨가 걱정스레 물었다.

"몸이 어디 안 좋아?"

그 목소리에 당혹감이 어린 것을 느꼈다.

"아니야, 괜찮아. 그럼 잘 자."

나는 전화를 끊기 직전, 아무래도 야근이 있을 것 같다는 이유로 다음 주에 만나기로 한 약속을 깨고 말았다.

한참을 그러다가 혼자 끙끙 앓는 것도 한계에 도달했다. 정신을 차리고 보니 내 발은 모모코 외숙모가 일하는 요릿집으로 향하고 있었다.

"세상에, 와다 씨가 그런 파렴치한 짓을 했어?"

아는 사람 중에 이런 일을 겪은 사람이 있다, 라고 말했을 뿐인데 외숙모에게 이런 얼버무림이 통할 리 없었다. 내 이야기라는 사실을 아주 간단하게 들켰다. 그래도 하얀 앞치마를 걸친 외숙모의 시선을 받으며 술을 마시니, 엉켰던 실이 풀리는 것처럼 말이 술술 나왔다. 결국 나는 지금 내 기분까지 몽땅 외숙모에게 털어놓았다.

"아이고, 어느새 여기가 연애 상담소가 되어버리고 말았네."

"죄송해요."

"뭐, 귀여운 조카를 위해서니까."

정말로 그렇게 생각하는지 의심스러운 마음도 드는데, 어쨌든 모모코 외숙모는 방긋 웃었다.

"와다 씨한테 확인하는 게 무섭니?"

외숙모의 질문에 나는 묵묵히 고개를 끄덕였다.

"그래도 와다 씨는 그런 사람이 아니잖아."

"그런 사람이 아니라고 믿으니까 오히려 더 무서워요. 배신할지도 모른다고 생각하면 너무 무서워져요."

모모코 외숙모에게 대답하면서도, 본질은 전혀 다르다고 차츰 깨닫고 있었다. 나는 전에 사귀었던 남자 때문에 겪은 일 이후로 누군가를 전폭적으로 신뢰하는 것을 무의식적으로 피하고 있다. 두려워하고 있다. 무심코 믿어버렸다가 그때처럼 상처받고, 생각이 부족한 자신을 저주하고, 전부 다 내던지고 싶어질까 봐.

이번에만 그런 게 아니고 애초부터 와다 씨의 말과 행동 하나하나에 과민하게 반응하고 있었는지도 모른다.

"얘, 다카코."

모모코 외숙모가 카운터를 빙 돌아서 나오더니 내 옆자리에 앉았다.

"나는 배운 것도 별로 없고 사토루가 열 권을 읽는 동안 한 권 읽는 게 고작이라 책에 관해서는 잘 모르지만, 그래도 사람 보는 눈은 그럭저럭 있어. 내가 본 바에 의하면, 와다 씨는 일부러 너에게 상처 주는 짓은 절대로 안 할 사람이야. 그 사람의 눈이 그렇게 말하는걸. 그보다 문제는 너 스스로 벽을 세우는 거 아닐까?"

"벽이라……."

나는 그 말을 반복했다. 옆에 앉은 외숙모가 내 얼굴을 살피듯이 응시했다.

"다카코, 너도 사실은 알고 있지?"

"응, 그럴지도 몰라요……."

"자기 마음은 열지도 않고 상대에게만 마음을 열어주길 원하는 건 얌체 같지 않니? 네가 한 발 앞으로 나아가지 않는 한 아무것도 해결되지 않을 거야. 와다 씨도 사람이니까 조만간 다카코 너의 미적거리는 성향을 못 따라가겠다고 생각할지도 모르지. 그렇게 되면 후회하게 되는 건 틀림없이 너 아닐까?"

모모코 외숙모의 말이 내 마음을 예리하게 꿰뚫었다. 나는 와다 씨에게 많은 것을 바라면서 내 쪽에서는 무엇

하나 주려고 하지 않았다. 외숙모의 말처럼 와다 씨는 눈으로, 표정으로 많은 것을 말해주고 있었을 텐데, 나는 그저 사소한 말과 행동에서만 와다 씨의 마음을 읽으려고 고심했을 뿐이었다.

그렇게 생각에 빠져 있는데, 조리장 쪽에서 주인인 나카조노 씨가 "모모코 씨, 헬프 미" 하고 높게 소리쳤다. 모모코 외숙모는 큰 소리로 "네, 네" 대답하고는 의자에서 일어났다.

"그럼 나는 갈게. 이 외숙모한테 너무 걱정 끼치지 마. 얼른 안심시켜 달라고."

내 뺨을 꼭 꼬집은 모모코 외숙모는 대답할 틈도 주지 않고 나카조노 씨가 "헬프, 헬프" 하고 연신 외치는 조리장으로 쏜살같이 달려갔다.

그로부터 며칠이 지난 목요일 밤. 도모 짱의 생일 파티를 열었다.

파티라고 해도 다 해서 세 명이 모인 조촐한 모임이었다. 도모 짱의 요청으로 장소는 모리사키 서점 2층으로 정했다. 서점에서 계산대로 쓰는 긴 책상을 가지고 와 냄비 요리를 준비했다.

일단 외삼촌과 모모코 외숙모에게도 권하긴 했지만 "아저씨랑 아줌마가 낄 데가 아니지"라는 시시한 이유로 거절당했다. 다카노 군은 자기가 가면 도모 짱이 싫어할 거라면서 계속 거절했는데, 내가 그러지 않을 거라고 설득해서 반강제로 참석시켰다. 긴장한 표정으로 온 그는 오늘도 역시 얇은 차림으로, 칙칙한 주황색 후드재킷만 한 장 입었다. 좋아하는 여자와 만나는 기회인데 조금이라도 멋을 부리고 올 것이지.

물론 도모 짱도 다카노 군이 오는 것은 알고 있었는데, 두 사람은 서점 입구에서 "오랜만이에요" 하고 인사만 나누고 어색해하며 우물쭈물하기만 했다. 나도 와다 씨 일 때문에 별로 팔팔하지 않았지만, 역시 이러면 안 된다고 생각해 무리해서 떠들어봤다. 그러나 내 노력은 대놓고 엇나가서 오히려 분위기가 깨지는 사태에 빠졌다.

무거운 공기 속에서 우리는 말없이 냄비 요리를 먹었다. 나와 다카노 군은 맥주, 술을 못 마시는 도모 짱은 오렌지주스를 마셨다. 도모 짱은 채소만 먹었고 다카노 군은 두부만 먹었다.

모처럼 도모 쨩의 생일 파티인데. 말없이 젓가락만 움직이는 두 사람을 계속 보고 있으려니 점점 조바심이 났다. 그리고 내 조바심의 창끝은 당연히 다카노 군에게 향했다.

"다카노 군, 두부만 먹지 마. 채소랑 닭고기도 먹어."

다카노 군은 아까부터 혼자 두부 두 모를 다 먹었다.

"네? 죄, 죄송합니다. 두부가 남는 것 같아서, 두 분이 별로 좋아하지 않는 줄 알고."

허둥거리는 다카노 군을 더 몰아붙였다.

"마음대로 생각하지 마. 나는 균형 있게 먹고 싶은 거라고. 도모 쨩도 두부 먹고 싶지?"

갑자기 이름이 불린 도모 쨩이 움찔 어깨를 떨며 고개를 들었다.

"아뇨. 저는 괜찮아요. 다카노 군, 먹어요."

"도모 쨩, 그렇게 사양할 것 없어. 오늘은 도모 쨩의 생일이니까."

다카노 군도 그 말에 필사적으로 고개를 끄덕였다.

"맞아요. 나 이제 두부에 절대 손 안 대겠다고 약속할 테니까 마음껏 먹어요."

이미 앞접시에 담긴 두부 두 조각까지 다시 돌려놓으려고 해서 그건 내가 다급하게 말렸다.

그 후로 우리는 주인공을 내버려두고 두부 때문에 한참이나 옥신각신했다. 도모 짱은 어쩔 줄 모르는 얼굴로 우리를 지켜보았다. 나는 "허구한 날 얇은 옷밖에 입을 줄 모르면서!"라며 매섭게 공격했다.

"저기, 두부는 이제 정말 됐거든요."

더는 못 참겠는지 도모 짱이 말리려고 끼어들었다.

"그보다 나…… 저기, 다카노 군한테 사과할게요."

도모 짱이 그렇게 말하더니 다카노 군을 돌아보고는 "일방적으로 심한 짓을 해서 미안해요" 하며 고개를 꾸벅 숙였다. 다카노 군은 아니나 다를까 낭패한 얼굴로 일어나려다가 탁자 모서리에 무릎을 세게 박았다.

"무슨, 무슨 소리예요. 사과해야 할 사람은 오히려 나인데……."

무릎 통증에 괴로워하며 다카노 군이 말했다. 도모 짱이 다시 사과했다. 나는 다카노 군 때문에 지저분해진 탁자를 행주로 닦으며 "그쯤 하지 그래?" 하고 두 사람 사이에 끼어들었다. 무릎 통증 때문인지 도모 짱에 대한 마음

때문인지, 울상인 다카노 군은 아직 뭔가 하고 싶은 말이 있어 보였으나 떨떠름하게 다시 앉아서 입을 다물었다.

방금 전까지 답답했던 공기가 조금 부드러워진 것 같았다. 나는 그 틈을 놓치지 않고 도모 쨩에게 생일 선물을 주었다. 도모 쨩이 좋아할 백합꽃 모양의 브로치. 다카노 군은 스테인드글라스 램프를 준비했다. 다카노 군의 램프는 정교한 등대 모양이어서 평범한 옷만 입고 다니는 남자의 선택치고는 제법 멋진 물건이었다. 둘 다 정말 귀여워요, 하고 도모 쨩이 마침내 웃어주었다.

"그런데 말이야. 사실은 다카노 군, 다른 선물을 주고 싶었대."

말리려는 다카노 군을 무시하고 나는 말했다. 굳이 감출 필요는 없을 테니까.

"그런데 못 찾았어. 『황금색 꿈』이라는 책, 도모 쨩이 계속 찾고 있었다며?"

도모 쨩이 어리둥절한지 입을 멍하니 벌리고 나를 보더니 얼빠진 소리를 냈다.

"네? 그 책을 찾고 있었어요?"

"응. 그랬는데?"

"죄송해요. 전에 아이하라 씨가 스보루에서 말했던 걸 기억하고 있었거든요. 괜한 짓을 했죠. 죄송합니다."

다카노 군의 말에 도모 쨩은 다시 멍한 표정을 지었다.

"아니에요, 다카노 군. 저기, 그 책은 현실에 존재하지 않는 책이에요."

이번에는 나와 다카노 군이 어리둥절할 차례였다.

"그, 그랬어? 하지만……."

"미안해요. 내가 오해할 만하게 말했나 봐요."

"다카노 군이 인터넷에서 조사했을 때, 똑같은 책을 찾는 사람의 게시글이 있었다는데."

다카노 군도 옆에서 고개를 끄덕였다.

"그것도 아마 존재한다고 믿는 사람들이 쓴 것 아닐까요? 어딘가에서는 '환상의 책'이라고까지 소문이 난 것 같으니까."

도모 쨩이 미안한 듯 말했다.

그렇다면 세계 제일의 책방 거리에서 찾아봤자 찾을 수 있을 리가 없다. 외삼촌이 모르는 것도 무리는 아니다. 다카노 군도 참, 멋대로 짐작해서는. 나는 옆에서 넋을 잃은 다카노 군을 원망스럽게 바라보았다. 그러는 나도 그 책이 설마 존재하지 않으리라고는 생각한 적이 전혀 없었으니까 다카노 군만 탓할 수는 없지만.

도모 짱은 존재하지 않는 그 책을 우리에게 상세히 설명해 주었다.

쇼와 초기, 후유노 미쓰코라는 무명작가가 『황혼의 일순간』이라는 작품을 발표했다. 죽어가는 고독한 맹인 노인과 그에게 낭독자로 고용된 중년 여성의 이야기. 다만 내용이 너무 로맨틱했기 때문인지, 소설은 발표 당시 문단과 대중 양쪽으로부터 외면당했다.

이야기 후반부에 나오는 『황금빛 꿈』은, 하늘의 부름을 받기 직전인 노인에게 낭독자인 여성이 읽어주는 소설이다. 이야기 전개에서 중요한 열쇠가 되는 책인 것이다. 당시 이 책을 찾으려는 마니아가 몇 명쯤 나타나 그들 사이에서 조금 소동이 벌어졌다. 그러나 몇 년 후 결국 그 책이 사실은 저자가 창작한 것이었음이 판명된다.

"『황혼의 일순간』 속에서 『황금빛 꿈』은 숨 막힐 듯한 걸작으로 그려져요. 그 책을 읽어주자 그때까지 사랑을 몰랐던 노인이 오랜 세월 그의 눈이 되어 곁을 지킨 여성에게 품었던 사랑을 깨달으면서 이야기가 끝나거든요. 저한테『황금빛 꿈』이라는 소설이 있다고 알려준 건 언니였어요. 아주 멋진 책이니까 너도 꼭 읽어야 한다고요. 사고를 당하기 반년쯤 전이었어요. 언니가 하는 말이라면 저는 뭐든 믿었으니까 그 책을 열심히 찾았죠. 그런데 그런책은 실제론 없었어요……."

도모 짱이 나를 보며 장난스럽게 웃었다. 이야기를 절반 정도만 이해했을 다카노 군은 옆에서 연신 눈만 깜박였다.

"언니는 소설 속의 책이 존재하지 않는 것을 처음부터 알고 있었을 거예요. 왜냐하면 언니는 그 책을 연인에게 빌려서 읽었다고 했으니까. 왜 제게 그런 거짓말을 했을까요? 언니는 시시한 거짓말을 하는 사람이 아니었어요. 그렇다면 왜? 단순히 저를 놀리고 싶었을까요. 아니면 제가 그 사람을 좋아한다는 걸 알고 뭔가 경고를 해두고 싶었던 걸까요……. 어느 쪽이든 언니는 죽었으니 지금은 무슨 수를 써도 알 수 없어요. 그래서 저는 머리로는 그 책이 없는 줄 알면서도 여전히 헌책방에 가면 찾게 돼요. 누가 갖고 싶은 책이 있는지 물어보면 제일 먼저『황금빛 꿈』을 말해요. 만약 그 책을 발견하면 소설 속 맹인 노인처럼 제 안의 뭔가가 변할지도 모른다고 내심 기대하는 거예요. 너무 유치한 생각인 줄 알면서도……."

설마 그 책을 찾고 있었을 줄은 전혀 몰랐다고, 정말 미안하다고, 도모 쨩은 우리에게 거듭 사과하며 말을 마쳤다.

"아니야. 우리가 그냥 좋아서 찾은 거니까……."

그런 사정이 있는 줄도 모른 채 지난 2주 동안 그 책을 찾았다는 건가. 그야말로 무의미한 짓이었다. 도모 쨩이 원한 것은 단순히 그 책이 아니었다. 그 안에 있는 답, 평생 알 수 없는 답을 원했다. 그러다가 언니의 죽음과 부수적으로 생긴 사건에 갇히고 말았다. 아니, 오히려 스스로 원해서 그 안에 갇혀 나오지 않으려 한다.

언니 이야기를 하는 도모 쨩은 이번에도 쓸쓸하게 웃었다. 역시 나는 그게 슬퍼서…….

"생일 축하합니다!"

다카노 군이 갑자기 외치며 일어났다.

"나는 아이하라 씨의 미소에 용기를 받았어요. 그 미소가 보고 싶어서 카페 일을 그만두지 않고 계속 노력했어요."

이 남자는 느닷없이 무슨 소리야. 나는 놀라서 다카노 군의 소매를 휙휙 잡아당겼다. 그러나 흥분한 그는 멈추지 않았다.

"그, 그러니까 말이죠. 내가 하고 싶은 말은, 아이하라 씨는 모르더라도 이렇게 도움을 받은 인간이 여기 한 명 있다는 거예요. 그리고 아이하라 씨가 태어난 오늘이라는 날을 진심으로 기뻐하는 인간이 여기 분명히 한 명 있다는 거예요. 가능하면 그걸 기억해 주면 좋겠어요. 내가 하고 싶은 말은 그게 다예요."

다카노 군은 기세 좋게 말하더니 마지막에는 힘없이 "생일 축하합니다"라고 한 번 더 말했다. 그러더니 화가 난 것처럼 새빨개진 얼굴로 털썩 앉았다. 주위가 순식간에 고요해졌다. 도모 짱에게 기운을 주려는 의도는 쓰라릴 만큼 이해하겠는데, 아무리 그래도 이건 너무 갑작스럽지 않나?

눈앞의 냄비가 보글보글 끓어서 나는 가스버너의 불을 껐다. 도모 짱은 입을 다문 채 아까부터 계속 아래를 내려다보고 있었다. 이윽고 그녀가 천천히 일어났다. 그러더니 장서로 꽉 찬 옆방의 미닫이문을 열고 안으로 들어가

문을 쾅 닫았다.

"저, 뭔가 큰일 날 소리를 했을까요……."

다카노 군이 창백해져서 나를 봤다.

옆방에서 아무런 소리도 나지 않는다. 잠깐 기다려도 나올 것 같지 않았다. 걱정이 된 나는 미닫이문을 노크한 다음 안을 들여다보았다. 무슨 일인지 도모 짱은 어스름한 곳에서 곧게 앉은 채로 정신없이 책을 읽고 있었다. 내가 미닫이문을 열어도 이쪽을 보려 하지 않았다.

"저기, 도모 짱?"

나는 그 등에 대고 말을 걸었다.

"네?"

"뭐 하고 있어?"

"네? 뭐라뇨? 책을 읽는데요."

도모 짱이 아무렇지 않게 대답했다.

"저기, 그러니까 왜 지금 책을?"

"갑자기 읽고 싶어졌어요."

도모 짱의 시선은 책을 향한 채였다. 이건 말하자면 눈앞의 현실에서 도망치려는 것일까. 다카노 군이 조금 전에 한, 마치 사랑 고백으로도 들리는 발언으로부터.

다카노 군이 뒤에서 다가가자 도모 짱은 더욱 독서에 몰입하기 위해 책에 얼굴을 가까이 댔다. 나와 다카노 군은 난감해서 얼굴을 마주 보았다.

그런데 무슨 생각인지 다카노 군은 도모 짱 옆에 천천히 앉았다. 그러고는 근처에 놓인 문고본을 집어 묵묵히 읽기 시작했다.

도모 짱은 잠깐 고개를 들어 다카노 군을 봤으나 곧 아무 말 없이 시선을 돌렸다.

"어, 뭐, 뭐야, 무서워……."

두 사람의 등을 보며 무심코 중얼거렸다.

그래도 두 사람은 아무런 반응도 보이지 않았다. 아침까지 이 상태면 어쩌나 내가 조금 불안해졌을 때였다.

"저기, 아이하라 씨."

다카노 군이 천천히 입을 열었다.

"나, 말주변이 없어서 말은 잘 못 해도 입 다물고 이렇게 같이 있는 것 정도는 할 수 있어요. 필요할 때면 불러 주세요. 날아올 테니까."

도모 짱은 책에서 고개를 들지 않았지만 어둠 속에서 살짝 몸을 움직였다. 작게 고개를 끄덕인 것처럼도 보였다. 다카노 군도 그걸 보고 조금 웃더니 다시 독서에 열중했다.

의외로 다카노 군은 나보다 도모 짱을, 어쩌면 인간 자체를 훨씬 잘 이해하고 있는지도 모른다. 내가 도모 짱을 어떻게 대하면 좋을지 고민하는 동안 옆에서 다카노 군은 그녀를 어떻게 하면 안심시킬지 고심했다. 본인의 뜻으로 닫은 문은 억지로 여는 것이 아니라 안에서 열려야 비로소 의미가 있다, 라는 걸까. 말없이 어깨를 나란히 한 두 사람을 바라보자 자연스럽게, 앞으로 도모 짱이 스스로 문을 열 날이 오지 있지 않을까 하는 생각이 들었다.

나도 근처에 놓인 책을 한 권 들고서 벽에 기댔다. 책장을 팔랑팔랑 넘기며 결정했다. 그래, 와다 씨에게 전화하자. 그리고 조만간 만나자고 말하자. 내가 세운 벽은 나 스스로 무너뜨려야 하니까.

그렇게 도모 짱의 생일날 밤은 책장을 넘기는 소리와 함께 조용히 깊어졌다.

//

서일본을 통과하는 태풍의 영향으로 도쿄에 얼마 동안 비바람이 강한 날이 이어졌다. 그 탓에 가로수의 나뭇잎도 거의 떨어져서 나무들이 창피하다는 듯 하늘을 향해 가지를 뻗고 있다.

한동안 와다 씨의 회사가 바빠서, 결국 도모 짱의 생일로부터 나흘이나 지난 뒤에야 만날 수 있었다. 원래는 쉬는 날이었으나 와다 씨가 갑자기 오후까지 출근하게 되어 저녁때가 다 되어서 만났다.

와다 씨는 최근 내 상태가 어딘지 이상하다고 생각했는지 얼굴을 보자마자 무슨 일이 있었던 건 아니냐고 걱정스럽게 물었다. 그래서 나도 그날 밤 일을 먼저 묻기로 했다.

"다카코 씨가 기운 없었던 이유가 그거였구나."

내가 말을 마치자 와다 씨는 그제야 알아차렸다는 듯 이렇게 중얼거렸다. 이어서 "그래, 그럴 법도 하지"라면서 엄청난 실수를 저지른 것처럼 한숨을 쉬더니, 눈을 감은 채 움직이지 않았다.

오늘도 스보루는 성황이었다. 우리 옆자리에는 양복을 입은 남성이 커피를 마시며 유유히 탁자에 신문을 펼쳐 놓았고, 건너편 자리에서는 젊은 커플이 얼굴을 맞대고 서 뭔가 대화하고 있었다. 오늘은 아침나절에 비도 그쳐서 오랜만에 태양이 고개를 내밀었다. 창을 통해 해 질 녘의 부드러운 햇살이 살짝 어두운 실내에 소리 없이 쏟아졌다.

와다 씨는 아까부터 커피에도 전혀 손대지 않고 엄숙한 표정을 짓고 있었다. 창가 쪽 어깨가 햇살을 받아 노랗게 물들었다. 아무리 기다려도 와다 씨가 움직이지 않아서 걱정이 된 나는 "괜찮아?" 하고 물었다.

"응, 괜찮아."

와다 씨가 눈을 뜨고 평소보다 훨씬 진지한 목소리로
말했다.

"미안해. 미리 말하지 않은 내가 나빴어. 그리고 경솔
했어. 그런 이야기를 들으면 다카코 씨 입장에서는 기분
이 나쁠 것 같았거든. 그래도 말하지 않아서 오히려 걱정
을 끼친 것 같아. 정말 미안해."

와다 씨는 아주 빠르게 말했다. 또 그녀와 만난 경위를
전부 설명하려 했다. 그날 저녁 일하는 중에 갑자기 책을
돌려주고 싶다면서 1년 만에 연락이 왔다, 그냥 가져도 된
다고 했으나 근처까지 왔으니까 꼭 주겠다고 해서 만났더
니 다시 예전으로 돌아가고 싶다고 말해서……. 하지만
나는 와다 씨의 말을 도중에 막았다.

"아니야, 이제 됐어."

"됐다니?"

와다 씨가 눈을 동그랗게 뜨고 물었다.

"이제 괜찮다는 뜻이야. 아무 일도 아니라는 거 잘 알
겠어."

나는 그렇게 말하고 웃었다. 자연스럽게 웃을 수 있었
다. 솔직하게 말하자면 와다 씨와 이렇게 오랜만에 마주하

기까지 굉장히 긴장했다. 그래도 얼굴을 보니까 왠지 기분이 아주 상쾌해져서 이제 괜찮다고 진심으로 생각했다.

"어? 하지만……."

혼자 알아서 납득한 나와 다르게 와다 씨는 미간에 주름을 잡고서 잘 모르겠다는 표정을 지었다. 곤혹스러울 때면 무의식적으로 짓는 평소의 표정이다. 와다 씨의 목소리에 반응한 건지 옆자리 남성이 신문에서 고개를 들고 힐끔 우리 쪽을 봤다. 그러나 바로 흥미를 잃고 다시 자기만의 세계로 돌아갔다.

"나, 와다 씨한테 이 이야기를 할 생각으로 오늘 만나자고 한 거 아니야. 사실은 그냥 만나고 싶었던 거야."

"하지만 마음에 걸렸던 거잖아. 다카코 씨는……."

나는 고개를 저었다.

"사실은 그런 거 아무래도 좋아. 그 일로 충격을 받은 건 맞는데, 내가 와다 씨를 믿지 못했다는 걸 이번 일로 알게 되었기 때문에 제일 충격이었어. 그래서 어떤 표정으로 만나면 좋을지 몰라서……. 그러니까 문제는 나한테 있었어."

"문제?"

와다 씨가 또 얼굴을 찌푸렸다. 오늘 와다 씨는 내내 곤혹스러운 표정이다.

"응. 나, 겁쟁이라서 와다 씨한테 내 마음을 드러내는 걸 계속 피했어. 상처받을까 봐 무의식적으로 두려워했어. 모모코 외숙모가 지적해 준 덕에 간신히 알았어. 그러니까 이젠 그러지 않을 생각이야."

말로 표현하자 괜히 몸에 들어갔던 힘이 스르륵 빠져나가는 것 같았다. 마음이 아주 편해졌다. 괜찮다, 정말로. 와다 씨를 똑똑히 봤다면 알 수 있었다. 나는 그러려고 하지 않았다. 사귀기 시작하고서 지금까지 줄곧.

와다 씨는 몇 번 눈을 깜박이며 오랫동안 나를 빤히 바라보더니 이윽고 왠지 감명받은 듯한 목소리로 "그렇구나" 하고 중얼거렸다. 내가 "응?" 하고 되묻자 와다 씨가 드디어 커피를 마시며 대답했다.

"아니, 그냥 일주일 동안 나를 위해서 많이 생각한 것 같아서."

나는 "으음" 하고 고개를 갸웃거렸다.

"와다 씨를 위해서가 아니라 나를 위해서가 아닐까? 그러지 않았으면 나는 언젠가 내가 싫어졌을 거야. 그러면 아마 와다 씨와 더는 같이 있지 못하게 되겠지. 그건 정말 싫으니까."

와다 씨는 내 이야기를 듣더니 머리를 벅벅 긁으며 쑥스러운 듯이 웃었다.

"오늘은 꼭 롤러코스터를 타는 것 같은 기분이야."

"미안해. 이상한 소리를 잔뜩 해서."

나는 그렇게 말하고 이제 이 이야기는 끝이라는 듯이 커피를 마셨다.

"아니야, 잘못한 건 나니까. 아무튼 그 사람과는 아무 일도 없었어. 앞으로 만나지도 않을 거야. 믿어줘."

언제나 성실한 와다 씨가 카페에서 나가기 전에 덧붙이듯이 우물쭈물 말해서 무심코 피식 웃었다.

우리는 해가 지기 시작한 거리를 터벅터벅 걸어서 와다 씨의 집으로 갔다. 내일은 둘 다 아침에 출근해야 하지만 오늘은 같이 있고 싶었다.

"나도 하나 털어놓자면……."

평소처럼 등을 펴고 척척 걸음을 옮기며 와다 씨가 갑자기 말했다.

"나는 다카코 씨를 보면서 참 부럽다고 생각했어."

"나를? 왜?"

너무 예상 밖이어서 놀랐다.

"다카코 씨한테는 마음을 허락하고 신뢰할 수 있는 사람이 많이 있잖아."

"외삼촌 부부랑 헌책방 사람들 얘기야?"

"응." 와다 씨는 미소를 짓고 고개를 끄덕였다. "보면 알 수 있어. 다들 다카코 씨를 얼마나 소중히 아끼는지."

"그, 그런가."

그런 실감이 없진 않지만 놀릴 때가 더 많은 것 같은 데. 특히 모모코 외숙모나 사부 씨는.

"그건 역시 다카코 씨가 매력적인 사람이기 때문이야. 또 다카코 씨도 주변 사람을 소중하게 여기니까."

"아니, 매력적이라는 말까지는……."

나는 멋쩍어서 얼버무렸다.

"도쿄에 온 뒤로 꽤 오랫동안 친한 사람이 별로 없었어. 아니다, 고향에 있을 때도 그랬어. 지금처럼 외삼촌이나 외숙모, 그리고 도모 짱처럼 스스럼없이 말할 수 있는 사람이 거의 없었어. 그래서 나도 이렇게 된 건 좀 대단하다고 생각해."

외삼촌의 서점에 처음 갔을 때는 이렇게 많은 만남이 기다리고 있으리라곤 꿈에도 몰랐다. 와다 씨와의 만남 역시 그렇다. 한심한 실연이 없었다면 나는 모리사키 서점을 찾지도 않았을 테고, 외삼촌과도 여전히 서먹서먹했을 테고, 와다 씨와 만날 일도 아마 없었겠지. 그렇게 생각하면 참 신기하다. 그 모든 게 연결되어 지금 이렇게 둘이서 나란히 해가 저물기 시작한 거리를 걷고 있으니까.

그렇지만 와다 씨가 나를 부럽다고 생각하다니 너무도 의외였다. 와다 씨라면 어디서든 사람들의 존경을 받으며 잘 지낼 것 같은데.

"아니, 전혀 그렇지 않아."

와다 씨가 내 생각을 강하게 부정했다.

"나는 어려서부터 주변 사람들에게 냉정한 인간이란 소리를 들었어. 그야 나는 어디서든 잘 지낼 수 있는 인간이긴 한데, 한편으로 언제나 방관자라는 가면을 써야만 사람들을 대할 수 있었어. 내 마음은 늘 잔잔해서 어렸을 때부터 크게 기뻐하는 일이 거의 없었거든. 왜 그러는지는 나도 잘 몰라. 냉랭한 가정에서 자란 영향이라고 생각

189

해서 부모님을 싫어한 적도 있는데, 아마 그것만이 원인은 아니겠지. 아마 나라는 인간은 타고나기를 그런 거야."

와다 씨는 오른쪽 손바닥을 빤히 바라보며 말을 이었다. 마치 자기 몸의 생김새를 확인하려는 것처럼.

"이런 인간과 같이 있으면 설령 처음에는 신기해하더라도 다들 얼마 안 가 싫증을 내. 그래서 누구든 자연스럽게 멀어지지. 내 방, 처음에 꼴이 엉망진창이었지? 아마도 그게 나라는 인간을 잘 표현하는 모습 같아. 외견을 꾸미는 기술은 얼마든지 익힐 수 있지만 내면은 어지러워서 손을 댈 수 없어. 그래서 다카코 씨나 모리사키 씨 같은 사람들을 보면서 부럽다고, 나도 저 안에 들어가고 싶다고 진심으로 생각해. 동경하게 된달까. 서점을 무대로 한 소설을 쓴다고 말한 것도 나만의 방법으로, 보잘것없어도 좋으니까 나도 사람들 안에 들어가고 싶다고 생각했기 때문이야."

와다 씨는 말을 마치고 나를 보았다. 아주 조금 쑥스러운 표정을 짓고서. 나도 모르게 그의 얼굴을 뚫어지게 바라보았다. 와다 씨가 그런 생각을 했다니. 지금 이때까지 전혀 상상도 못 했다. 그러니까 소설을 쓰겠다고 털어놓

앉을 때 그렇게 긴장했던 거구나. 이제야 비로소 이해할 수 있었다.

"모두가 나를 받아주면 좋겠어. 모두와 섞여 나도 같이 기뻐하고 슬퍼하고 싶어. 이런 식으로 생각한 건 정말 처음이야."

나는 와다 씨의 따뜻한 손을 가만히 쥐었다.

"당연히 그럴 수 있어. 왜냐하면 와다 씨는 아주 멋진 사람이니까."

"그런가."

자신 없게 중얼거리는 와다 씨에게 나는 "그럼" 하고 딱 잘라 말했다.

"내가 보증해."

와다 씨가 조금 놀란 듯이 나를 보더니 눈을 가늘게 뜨며 웃었다.

"고마워."

와다 씨가 그렇게 말했다. 그러나 그 말은 내가 하고 싶었다. 와다 씨가 생각한 바를 말해줘서 기뻤다. 나나 내가 소중하게 아끼는 사람들을 좋아해 줘서 기뻤다. 왠지 상을 받은 기분이었다. 용기를 내서 내 마음을 털어놓은 것에 대한 상.

내 마음을 표현하는 것은 단순한 듯하면서도 의외로 어렵구나. 나에게 소중한 사람이 대상이라면 더 그렇다. 와다 씨 옆에서 걸으며 그런 생각을 했다. 그래도 용기를 내면 지금처럼 그 사람에게 더욱 다가갈 수 있다고.

골목을 돌자 와다 씨가 사는 맨션이 보였다. 우리는 손을 잡고 곧게 걸었다.

이제 며칠 지나지 않아 완연한 겨울이 올 테고 내가 제일 좋아하는 계절은 지나가버린다. 그렇지만 그것도 나쁘지 않다.

분명 앞으로 겨울이 오고 봄이 와도, 또 계절이 흐르고 흘러도 이처럼 따스하고 편안한 나날이 이어지겠지. 내가 좋아하는 사람들 모두 웃으며 지낼 수 있겠지.

나는 석양이 내려앉은 거리를 걸으며 아무 근거도 없이 그렇게 생각했다.

12

"할 이야기가 좀 있구나."

12월도 중순에 들어섰을 무렵, 사토루 외삼촌이 갑자기 그런 소리를 꺼냈다.

이런저런 일이 있어서 내가 쉬는 날 아침부터 모리사키 서점을 찾은 것은 2주 만이었다. 영업을 마칠 때까지 평화롭게 있다가 슬슬 서점에서 나가려는데, 갑자기 외삼촌이 나를 불러 세웠다.

"아직 시간 괜찮니?"

외삼촌이 침착하지 못한 태도로 말했다.

"네, 괜찮은데요?"

최근 외삼촌은 예전과 비교해 조금 말수가 줄었다. 나도 은근히 마음에 걸렸는데, 와다 씨 일이나 도모 짱 일도 있고 매일 바쁘다 보니 솔직히 살뜰하게 신경 쓰지 못했다. 역시 무슨 일이 있는지, 요즘 외삼촌의 상태는 눈에 띄게 이상하다. 무엇보다 지금처럼 할 이야기가 있다고 운을 떼는 것부터 이상하다. 외삼촌은 하고 싶은 말이 있으면 늘 멋대로 말을 시작하는 사람이니까.

우리는 서점 문을 합심해서 서둘러 닫고 밖으로 나가기로 했다.

밖으로 나가자마자 차가운 밤기운이 뺨을 어루만졌다. 완연한 겨울밤이다. 주변이 평소보다 고요하게 가라앉아서 공기가 얼얼하게 긴장한 듯한 밤. 깜깜한 하늘에 별이 몇 개나 반짝였다.

"그럼 조금 걸을까요?"

내가 외삼촌에게 말했다. 바깥 공기를 마시고 조금 몸을 움직이면 기운이 날 거라고 생각했다.

"춥지 않아?"

"네. 추우니까 조금 걷고 싶어요."

"그래? 그렇다면 어디, 나도 같이 걸을까."

우리는 사쿠라도리에서 큰길로 빠져나와 모퉁이를 돌아서 길을 따라 그대로 걸었다. 외삼촌은 다리가 짧은 것치고 걸음이 꽤 빨랐지만, 보폭을 느린 사람에게 맞추는 능력은 겸비하지 못했다. 그래서 같이 걸으면 점점 거리가 벌어진다. 그래도 어느 정도 가면 반드시 도중에 멈춰서 내가 따라오기를 기다리니까 굳이 서두르지 않는다. 나는 나대로 느긋하게 외삼촌의 뒤를 쫓아간다. 어렸을 때와 같다. 외삼촌과 함께 산책하러 나가면, 어린 나는 작고 마른 저 등을 눈으로 따라가기만 했다.

고쿄* 앞 해자에 도착했다. 발걸음을 돌리기 전에 잠깐 쉬기로 했다. 해자 안에서는 가로등 불빛을 은은하게 반사하며 빛나는 수면 위를, 까만 그림자처럼 보이는 새가 우아하게 오가고 있었다. 고쿄가 있는 울타리 안은 어둡고 고요했다. 외삼촌이 "감기 걸리면 안 되니까"라며 자판기에서 페트병에 든 따뜻한 레몬 차를 두 개 사 와서는 하나를 건넸다. 따뜻한 레몬 차를 좋아하는 것도 예전과 똑같다.

---

* 皇居. 일본의 왕과 가족들이 사는 궁성.

"어여차."

외삼촌은 힘들어하며 해자 앞의 벤치에 앉았다.

"엉덩이 괜찮으세요?"

내가 쓴웃음을 지으며 묻자 외삼촌은 "아아, 이 정도는 괜찮아"라며 엄지를 쓱 내밀어 보였다.

여기에서는 밤하늘이 잘 보인다. 가느다란 달이 떴고 그보다 조금 앞에서 오리온자리가 반짝였다. 고교 반대편에 선 신문사 빌딩 창문에는 아직도 불이 많이 켜져 있다. 해자 옆 큰길을 달리는 사람들이 숨을 헐떡이며 지나갔다. 나와 외삼촌은 지나가는 그들을 때때로 눈으로 따라가며 따뜻한 레몬 차를 홀짝홀짝 마셨다.

"그렇지. 여행 고마웠다. 이러니저러니 했지만 가길 잘했어. 모모코도 기뻐했고. 생각해 보니 벌써 10년 동안이나 둘이 여행을 간 적이 없더구나."

여행을 다녀온 건 벌써 한 달도 더 전인데 외삼촌은 새삼스러운 말을 꺼냈다.

"무슨 말씀이세요. 저도 늘 신세를 지잖아요."

"아니, 신세라고 할 것까지야."

"그래도 어렸을 때부터 삼촌이 많이 돌봐주셨잖아요."

나는 밤하늘을 올려다보며 말했다. 이 사람이 어린 시절의 나를 많이 알고 있다고 생각하면 조금 부끄럽다.

"그런가. 대충 20년이 넘게 보고 지냈으니까."

외삼촌도 같이 하늘을 올려다보며 예전이 그리운 듯이 눈을 가늘게 떴다.

"시간 한번 빠르구나."

"그래도 만나지 않은 시기도 길었으니까요. 솔직히 말하면 저요, 사춘기 때부터 외삼촌이 계속 불편했어요. 무슨 생각을 하는지 모르겠고, 나이를 먹어서도 늘 빈둥거리기나 했으니까."

"너무한데. 충격받았어."

외삼촌이 솜처럼 하얗고 동그란 숨을 내쉬며 평소처럼 맥 빠진 웃음소리를 냈다.

"죄송해요. 그래도 어려서는 많이 좋아했어요. 그때를 생각하면 즐거웠던 추억만 가득해요. 외삼촌이 저한테 얼마나 다정하게 해줬는지 이제는 알아요."

"아하하. 모르는 사이에 미움받았네. 그렇지. 퍽 오랫동안 만나러 오지 않았었지."

"미운 게 아니라 불편하다고 생각했어요. 그래도 지금

은 전혀 그렇게 생각하지 않아요."

"그렇다면 다행이지만."

대화를 하며 나는 위화감을 느꼈다. 옆에서 외삼촌은 평소처럼 웃고 평소처럼 말한다. 다정한 목소리도 평소와 같다. 그런데 뭔가가 명확히 다르다. 뭔가 망설이고 있다. 이토록 조용한 밤에 함께 있으니 내게도 그게 똑똑히 전해져서 너무 불안해졌다. 그 불안감이 가슴 안에서 조금씩 증폭했다.

"저기, 외삼촌. 할 이야기가 뭐예요?"

나는 주저하면서도 좀처럼 본론에 들어가지 않는 외삼촌에게 물었다.

"아아, 응."

"혹시 별로 좋은 이야기가 아니에요?"

나도 모르게 들고 있던 페트병을 힘껏 움켜쥐고 있었다. 몸은 차가운데 손에만 땀이 뱄다. 외삼촌은 나를 곁눈질하고는 살짝 고개를 끄덕였다.

"뭐, 그렇지."

"그러니까 뭔데요?"

음, 하고 외삼촌이 다시 고개를 끄덕였다.

"사실은……."

외삼촌이 심각한 표정으로 말했다.

"최근 치루 통증이 더 심해져서 말이다. 아이고, 정말 곤란하다니까."

걱정했던 내가 바보다. 나는 말없이 두 손으로 외삼촌을 있는 힘껏 밀었다. 벤치에서 굴러떨어질 뻔한 외삼촌이 "뜨어억!" 하고 기괴한 비명을 질렀다.

"다, 다카코, 무슨 짓이냐. 부탁이니까 엉덩이에 자극을 주지 마."

"바보."

나는 조금 전까지 느낀 긴장을 토해내려는 것처럼 깊게 한숨을 쉬었다. 머리끝까지 화가 났지만 동시에 크게 안도하기도 했다. 그래, 치루였나. 치루가 괴로운 거였나. 힘들겠지만 그게 다여서 다행이다. 정말 다행이다. 그렇게 생각했다.

"내일 꼭 병원에 가세요."

"아아, 그러마."

"응, 반드시."

나는 튀어 오르듯 벌떡 일어나 "그럼 슬슬 갈까요?" 하고 외삼촌을 재촉했다. 슬슬 돌아가지 않으면 정말로 감기에 걸릴 것 같다.

외삼촌은 좀체 벤치에서 일어나려고 하지 않았다. 치루가 그렇게 아픈가. 어쩔 수 없지. 일으켜 주려고 나는 오른손을 내밀었다.

그런데도 외삼촌은 내가 내민 손을 빤히 보기만 하고 도무지 잡을 생각이 없어 보였다. 조바심이 나서 "빨리요"라고 말하려는데 외삼촌이 불쑥 말했다.

"모모코 일인데."

"네?"

허를 찔려 무심코 되물었다.

"사실은 여행을 가서 들었는데⋯⋯."

외삼촌이 거기에서 잠깐 사이를 두고 입술을 다물었다. 그리고 서서히 입을 열었다.

"암이 재발했다고 하네. 자기는 한참 전에 의사에게 들어서 알고 있었는데 계속 말하지 못했다고 하더라고. 그래서, 그, 제법 진행되어서⋯⋯."

외삼촌이 내뿜은 하얀 숨이 일렁일렁 하늘로 올라가 사라졌다.

"아직은 나만 알고 있지만 언젠가 다들 알 테지. 그 전에 너에게만은 말해두려고……."

발을 디딘 곳이 갑자기 사라진 듯한 기묘한 감각이 덮쳐왔다. 제대로 서 있지 못하겠다. 손과 발이 급속도로 차가워졌다. 외삼촌에게 내민 손이 내 의지와 관계 없이 축 늘어졌다.

"거짓말…… 이죠? 그렇잖아요. 그렇게 건강해 보이시는데……."

거짓말이면 좋겠다. 나는 그렇게 바라며 물었다. 그러나 거짓말이 아니다.

슬플 정도로 진지한 외삼촌의 눈동자가 알려주었다.

13

철새가 우중충한 겨울 하늘을 무리 지어 날고 있다. 일
렬로 대열을 이루어 까만 날개를 크게 펄럭이면서. 상공
까지 날아오르는가 싶더니 그대로 선회해서 또 멀어졌다.
바람을 탄 그 모습은 이윽고 까만 점이 되었다.

어디로 가는 걸까.

나는 병실 창문 너머로 새들의 모습을 멍하니 바라보
며 생각했다.

오늘은 바람이 세차다. 병원에는 환자들이 산책할 수
있도록 만들어진 비교적 넓은 중정이 있는데, 따뜻한 오
후에는 사람들이 종종 보였지만 역시 오늘은 아무도 없

다. 줄지은 소나무가 강풍에 흔들려 나뭇가지에서 격렬한 소리가 났다. 조금 열어둔 창으로 바깥의 차가운 공기가 들어왔다.

"뭐 재미있는 거라도 보이니?"

돌아보자 침대에 기대앉은 모모코 외숙모가 느긋하게 뜨개질을 하며 창가에 선 나를 보고 있었다. 나는 창문을 가만히 닫았다.

"아니요, 오늘은 바람이 센 것 같아서요. 창문 닫아도 괜찮죠?"

"응, 고맙다."

모모코 외숙모는 쓱쓱 리드미컬하게 뜨개바늘을 움직였다. 최근 외숙모는 뜨개에 푹 빠져서 시선이 늘 손끝을 향하고 있다.

"그거 뭐 뜨는 거예요?"

"장갑."

"벌써 2월도 끝나가는데요?"

"괜찮아. 그냥 재미있어서 하는 거니까. 심심풀이로 하기 좋거든."

"흠."

옆에 놓인 파이프 의자에 앉은 나도 외숙모의 손끝을 바라보았다.

"다카코, 완성하면 가질래? 나는 장갑을 안 끼니까."

"네. 좋아요. 그런데 언제 완성돼요?"

"글쎄다, 3월쯤 되면? 그렇지만 내년에도 계속 쓸 수 있잖아?"

내년이라.

속으로 그 말을 반복했다. 모모코 외숙모가 없을지도 모르는 내년을 도저히 상상하지 못하겠다. 아니, 상상하기 싫다. 나는 머릿속에 떠오른 싫은 생각을 없애려고 "네, 그럼 주세요" 하고 밝게 대답했다.

"알았다."

모모코 외숙모가 고개를 슬쩍 들고 생긋 미소를 지어 보였다.

악의라곤 없는, 친근감 넘치는 미소였다.

외숙모가 입원한 병실은 도쿄 도내에 있는 종합병원 3층에 있는 4인실이다. 전에도 이 병원에서 수술했고, 방은 달라도 같은 층에 있는 병실에 입원했었다고 한다. 그때는 외삼촌과도 헤어져서 살았으니까 외숙모 곁을 지킨 사람이 아무도 없었을 것이다. 얼마나 불안했을까.

병실에서는 늘 병원 특유의 소독약과 약품, 사람의 땀
냄새가 약간 난다. 초록색 커튼에 새하얀 벽. 청결하지만
조금 냉담하다.

"병원이 원래 그렇지."

외숙모는 이렇게 말하며 무슨 당연한 소리를 하냐는
표정을 지었지만.

"자, 그만 가. 이렇게 계속 눌러앉아 있으면 불편해."

외숙모가 뜨개질하던 손을 멈추고 턱으로 문을 가리켰
다. 병문안을 오면 매번 이렇게 한 시간도 안 됐는데 그만
가라고 한다. 배려해서 하는 말인지 정말 귀찮아서 그러
는지 잘 모르겠다.

내가 좀처럼 돌아가지 않으면, 마지막에는 항상 흐흥,
하고 콧소리를 내며 이렇게 말한다.

"이렇게까지 신경 써주지 않아도 돼. 보다시피 난 괜찮
으니까."

그러면 나는 쫓겨나듯 병실에서 나온다.

입원 중이지만 모모코 외숙모는 안색도 좋고 피부도
윤기가 흘러서 아주 건강해 보였다. 병원 식사도 단숨에

먹어치우고, 침대 위에서도 평소처럼 자세가 곧다. 이렇
게 말하면 좀 그런데, 김이 샐 정도로 예전과 똑같은 모습
이었다.

"하여간 곤란하다니까, 그 사람은."

산책하러 갔던 그날 밤, 돌아오는 길에 외삼촌은 걷는
내내 몇 번이나 그런 소리를 하고는 작게 한숨을 내쉬었
다. 우리는 마치 빨리 걷기가 금지된 사람들처럼 느릿느
릿, 어깨를 나란히 하고 역으로 가는 길을 걸었다. 나는
고쿄에서 어느 길을 따라 걸었는지도 전혀 기억하지 못한
다. 그저 외삼촌의 가슴에서 그칠 줄 모르고 넘쳐나는 듯
한 작은 한숨만이 한참 뒤에도 귓가에 남았다.

지금껏 예상도 하지 못했던 몇 가지 사실을 그때 알았다.

모모코 외숙모에게 재발한 암은 이미 상당히 진행되어
림프절 전이도 보였기에 수술은 어렵다고 의사가 말했다
는 것. 외숙모도 그걸 알고 이번에는 수술을 바라지 않는
다는 것. 처음에 외삼촌은 격렬하게 반발했으나, 담당 의
사와 거듭 대화한 끝에 그게 제일 좋은 방법임을 받아들
였다는 것. 무엇보다 외숙모의 생각을 존중하고 싶다고

생각한다는 것…….

나는 옆에서 "네" 또는 "그래요" 하고 힘없이 맞장구를 칠 뿐이었다. 갑자기 닥친 현실에 머리가 따라가지 못해 어떻게 생각하면 좋을지 알 수 없었다. 그저 그 이야기가 내 생각보다 훨씬 심각하다는 것만 이해했다.

외삼촌의 한숨 소리가 차도를 달려가는 차 소리에 뒤섞여 들렸다.

나는 한동안 아스팔트를 바라보며 말없이 걷다가 문득 어딘가에 생각이 미쳤다.

"여행 가서 들었다고 하셨죠?"

"그래, 갑자기 무슨 말을 꺼내나 해서 놀랐어. 모모코는 장난을 치기 좋아하는 면도 있지만 그런 걸로 농담하는 사람은 아니라서. 그러니 사실인 걸 바로 알았지."

"그럼 외삼촌은 한참 전부터 알고 계셨네요."

나는 그저 두 분이 여행을 가서 순수하게 쉬었다 오길 바랐을 뿐이었는데. 설마 둘 사이에서 그런 대화가 오갔다니…….

생각해 보면 외삼촌이 눈에 띄게 말수가 줄어든 것도 여행 이후였다. 오랫동안 입 밖에 내지 않고 가슴 안에 숨기고 있었던 거다. 내게 말하는 걸 그토록 괴로워했던 심정도 이해할 수 있다. 말해버리면 그 사실을 완전히 인정하는 것 같아서 분명 두려웠겠지.

"외삼촌, 혼자 힘드셨겠어요."

내가 가만히 말하자 외삼촌은 "에이, 그렇지도 않아"라며 하하하 건조한 웃음을 흘렸다.

"아까 말했듯이 지금 당장 무슨 일이 있는 건 아니니까. 조금 지나면 입원은 하게 되겠지만 그것도 상태를 보면서 할 거야."

"그렇구나……."

하지만 수술하지 않는다는 것은 완치되는 일이 없다는 것이고, 그 말인즉 모모코 외숙모에게 남겨진 시간이 길지 않다는 의미다.

내가 제일 큰 충격을 받은 것이 그 지점이었다. 외숙모의 몸에 둥지를 튼 병이 조만간 모모코 외숙모라는 존재를 붙잡아 다른 세계로 데려간다. 외숙모가 이 세상에서 사라진다고? 그런 얘기는 도저히 믿을 수 없단 말이다. 나는 당연히 외숙모가 마음씨 좋은 할머니가 되리라 믿었다. 마찬가지로 나이를 먹어 할아버지가 된 외삼촌과 함께 모리사키 서점을 계속 꾸려나갈 것이라고.

나도 모르게 옆에 선 외삼촌처럼 작은 한숨을 내쉬었다. 그게 신호라도 된 것처럼 외삼촌이 중얼거렸다.

"미치겠군. 5년이나 지나서 돌아오더니만 이번에는 몸이 안 좋다고 하잖아. 게다가 이미 말기에 가깝다니. 그런데도 본인이 태연하게 구니까 도무지 실감이 안 나. 조금은 환자답게 굴면 좋을 텐데."

외삼촌이 질린다는 듯이 고개를 젓고 또 작게 한숨을 쉬었다.

"그러게요……."

"곤란한 사람이라니까."

역에 도착할 때까지 외삼촌은 몇 번이나 같은 말을 중얼거렸다.

그로부터 한동안은 외삼촌의 말처럼 정말 아무 일도 없었다는 듯이 하루하루가 흘러갔다. 모모코 외숙모는 여전히 서점에서 손님을 상대하고 일주일에 몇 번은 요릿집 일을 도우러 갔다. 외숙모의 붙임성 좋은 미소를 보려고 사부 씨나 단골손님이 자주 서점에 찾아왔다. 표면적으로는 아무것도 달라지지 않았다.

아픈 걸 안 후에 내가 서점에 만나러 갔을 때도 외숙모는 그저 담담했다.

"그래, 그렇게 됐어."

모모코 외숙모는 아무렇지 않은 말투로 말했다.

"하지만 저기……."

뭔가 말하고 싶다. 그렇게 생각하며 내가 입을 열려는데 외숙모가 더 빨랐다.

"이것만큼은 어쩔 수 없어. 반쯤은 각오했던 일이고. 그러니까 심각한 얼굴 하지 마. 나까지 기분이 우울해지잖니."

밝게 웃으며 외숙모가 내 등을 퍽 쳤다. 왠지 내가 격려받은 기분이었다.

당사자가 이런 식으로 나오니까 나도 땅만 파고 있을 수는 없었다.

언젠가 반드시 올 그날까지 조카로서, 한참 나이 차이 나는 친구로서 모모코 외숙모와 최대한 함께 시간을 보내고 싶다. 어떤 식이든 좋으니 외삼촌 부부의 힘이 되고 싶다. 나는 굳건히 바랐다.

그로부터 얼마 후, 외숙모의 입원이 정해졌다. 해가 바뀌고 얼마간이 지난 후였다.

일단은 단기 입원이지만 증상에 따라 그대로 장기 입원하게 될 수도 있다고 했다. 외숙모는 나카조노 씨에게 사정을 설명하고 요릿집 일을 1월까지만 한 뒤 쉬기로 했다. 그만두지 말고 쉬는 방식으로 하자고 제안한 쪽은 나카조노 씨인데, 어쨌든 외숙모의 요릿집 앞치마 차림도 1월을 끝으로 못 보게 되었다.

외삼촌은 모모코 외숙모가 기뻐할 일을 이것저것 생각하다가 입원하기 전에 여행을 한 번 더 가자고 한 모양이었다. 그러나 외숙모는 집에서 느긋하게 지내고 싶어 했다.

외삼촌은 서점 문을 닫기 싫어하는 자신을 위해 마음을 쓰는 게 아니냐며 의심했는데, 외숙모는 "한 번 다녀왔으니까 충분해. 사토루 당신은 서점 일을 해줘. 당신이 서점에 있는 모습을 하루라도 더 오래 보고 싶으니까"라고 단호하게 말했다고 한다. 그런 말을 들으면 외삼촌도 더는 뭐라고 말하지 못했을 테지.

그때쯤 되자 진보초 사람들도 외숙모의 병을 알았다. 다들 처음 소식을 들었을 때의 나처럼 "모모코 씨가?" 하고 도저히 믿지 못하겠다는 태도를 보였다. 사부 씨는 심지어 내게 전화를 걸어 자세하게 알려달라고, 화가 난 듯한 목소리로 다그쳤을 정도였다. 그래도 평소처럼 지내고 싶다는 외숙모의 바람대로 표면상으로는 누구도 유난히 걱정하거나 우울한 표정을 짓지 않았다.

입원하기 전까지, 요릿집 일을 쉬어서 한가해진 외숙모는 스보루를 자주 찾았다.

때로는 사부 씨나 사장님, 다카노 군도 함께 이야기를 나눴다. 모모코 외숙모는 거기에서도 쾌활하게 굴며 시무룩한 사부 씨나 다른 사람들을 놀리는 여유까지 보여주었다. 또 사장님이 외숙모를 위해 만들어준 밀크셰이크에 푹 빠져서 매번 행복한 듯 마셨다.

와다 씨와 셋이 차를 마신 적도 있다. 그때 외숙모는 일부러 와다 씨 앞에서 "와다 2호는 요즘 어때?" 같은 소리를 꺼내고는, 와다 씨가 "와다 2호? 그게 누구예요? 1호는 역시 저인가요?" 하고 진지한 표정으로 묻는 모습을 보며 아주 기뻐했다.

그러더니 뭔가 생각난 것처럼 와다 씨를 보고는, 외숙모답지 않게 갑자기 이런 소리도 꺼냈다.

"다카코를 잘 부탁해. 우물쭈물하는 면도 있지만 아주 좋은 애니까."

나는 그저 어안이 벙벙해서, 옆에서 와다 씨가 "물론이죠" 하고 대답하는 걸 보면서도 눈을 휘둥그렇게 뜨고 있기만 했다.

이 무렵부터 외삼촌의 안색은 늘 어두워서 외숙모보다 몸이 훨씬 더 안 좋아 보였다. 그래도 서점은 제대로 영업했으니까 나도 때때로 상태를 살피러 갔다.

"외삼촌, 괜찮아요?"

걱정해서 물으면 늘 "음, 멀쩡해"라고 대답했지만 전혀 멀쩡해 보이지 않았다.

내가 자꾸 뭐라고 말하면 귀찮아하며 삐질 테니 대신 외삼촌이 기운 날 만한 대화를 꺼내보았다.

"뭔가 추천하고 싶은 책 있어요?"

"응? 아아, 그러게. 오늘은 생각이 딱히 안 나네. 다음에 또 찾아보마."

평소라면 덥석 물 화제인데도 미지근한 반응만 보였다. 그러고는 다시 한숨을 쉬었다.

"있죠, 저도 뭐 할 수 있는 일이 없을까요?"

외삼촌의 우울한 옆얼굴을 보고 있으려니 참을 수 없어서 진지하게 물어보았다. 내가 힘이 될 만한 일이 있다면 뭐든지 하고 싶었다. 그러나 외삼촌은 "무슨 소리냐"라며 놀란 표정으로 나를 바라보았다.

"너한테 얼마나 신세를 지고 있는데. 병원까지 같이 가줬잖니. 이보다 더 잘해주면 너무 면목 없지."

외삼촌은 힘없이 웃을 뿐이었다.

평소처럼 외삼촌의 밝은 목소리가 들리지 않는 모리사키 서점은 내게 너무도 시시한 장소로 보였다.

2월 초. 모모코 외숙모가 입원하고 일주일이 지났을 때, 의사가 남은 시간이 반년이라고 선고했다. 그러나 외삼촌에게 전해 들어도 전혀 현실감이 생기지 않았다. 아무 의미 없는 말 같았다. 반년 안에 외숙모가 세상을 떠난다니 도저히 상상조차 할 수 없었다. 게다가 지금 숨을 쉬고 웃는 외숙모에게서는 그런 징조가 아주 조금도 보이지 않는데…….

죽음이라는 존재는 아직 한참 먼, 저 너머 미래에 있는 것 같았다. 모모코 외숙모라면 그런 것쯤 웃어넘기고 없었던 일로 해주지 않을까. 외숙모를 보면 그런 생각까지 들었다.

그런 생각을 확인하려는 마음으로 모모코 외숙모의 병실을 찾았다. 외숙모가 평소와 다르지 않은 것을 보면 나는 남몰래 가슴을 쓸어내렸다. 뭐야, 아주 괜찮잖아, 건강해 보이잖아, 하고. 정말로 그렇게 생각했다.

"10월이 되면, 아니, 9월도 좋아요. 아무튼 선선해지면 또 미타케산에 가요."

어느 날, 나는 병실에서 늘 그렇듯 뜨개질에 푹 빠진 모모코 외숙모에게 말했다. 예전처럼 우리 둘이 케이블카를 타고 산을 오르고, 또 그 합숙소 같은 산장에서 묵는 거다. 지금도 거기에는 주인아주머니와 하루 짱이 있을 것이다. 다시 두 사람을 만나러 가자. 그리고 전망대에서 산등성이가 이어지는 아름다운 광경을 보고, 밤에는 이불을 나란히 깔고 같이 자는 거다.

"응? 괜찮죠? 외숙모도 즐거웠다고 했잖아요."

내가 의자에서 몸을 불쑥 내밀고 말하자, "글쎄" 하고 모모코 외숙모는 내키지 않는다는 듯이 어깨를 움츠렸다.

"다카코, 피곤하다느니 다리가 아프다느니 투덜투덜

불평만 하니까."

"그런 말 안 했어요."

"했거든."

"그야 조금은 말했을 수도 있지만 이번에는 그런 말 안
할게요."

"믿음이 안 가네. 너는 금방 약한 소리를 하니까."

"그럼 맹세해도 좋아요."

"그러고 보니 다카코. 그때 산에서 미끄러져서 엉덩방
아 찧었지. 걸작이었어."

그러더니 모모코 외숙모는 생글생글 웃음꽃을 피웠다.

결국 간다거나 안 간다는 확답은 받지 못한 채로 대화
는 끝났다.

병실 창 너머로 보이는 중정에는 일찍 핀 벚꽃이 벌써
지고 있었다. 꽃잎이 길가에서 회오리치듯이 흩날렸다.

14

　여름이 되어도 모모코 외숙모는 여전히 건강했다. 무
더위가 이어져서 컨디션이 무너질지도 모른다고 걱정했
는데, 식욕도 여전하고 안색도 좋았다. 한동안 입원과 퇴
원을 반복하면서도 쉬엄쉬엄이나마 모리사키 서점에 얼
굴을 내밀었다. 도모 쨩이 놀러 온 밤에는 셋이서 나카조
노 씨의 요릿집에 식사하러 가기도 했다.

　그런데 가을 초, 이제 낮에도 선선한 바람이 불기 시
작한 무렵에 사태가 달라졌다. 자택에서 요양하던 모모코
외숙모가 쓰러졌다. 결국 일주일을 예정하고 있던 자택
요양을 중단하고 그날 급하게 병원에 돌아가기로 했다.

"각오하는 게 좋겠다고 의사가 어제 말하더라."

외삼촌이 통화하며 내게 딱딱한 목소리로 말했다.

"다카코도 시간 있을 때 만나러 와주겠니?"

외삼촌에게 받은 짧은 전화는 내가 이 반년 동안 줄곧 품었던 아련한 기대를 부숴버리기에 충분했다. 또한 그건 내가 빛을 비추려 하지 않았던 부분, 필사적으로 외면하려 한 '현실'이 마침내 또렷한 형태를 이룬 바로 그 순간이기도 했다…….

다음 날, 나는 근무 중 쉬는 시간을 이용해 외숙모의 병실로 달려갔다. 가슴이 불안과 긴장으로 마구 쥐어뜯는 걸 느끼며 병실 문을 열었다.

"어머나, 다카코구나."

곧바로 밝은 목소리가 귀로 날아들었다.

"또 왔니?"

늘 들었던 대사가 이어졌다. 그러나 그 목소리는 예전과 비교해 너무도 약하고 힘이 없었다. 움직이기도 힘든지, 이때까지는 침대에 거의 눕지 않고 대부분 일어나 앉아 있었던 모모코 외숙모는 내가 병실로 들어갔는데도 일어나지 않았다. 일주일 전에 만났을 때는 그렇게 건강해 보였는데…….

외숙모는 나와 눈이 마주치자 수줍어하는 소녀처럼 작게 후후 웃었다.

"외숙모……."

나도 모르게 울먹이는 소리가 나왔다. 바로 마음을 다잡고 최선을 다해 웃으려 했다.

"외삼촌한테 연락받고 깜짝 놀랐어요."

"나도 참 대단한 사람이 됐지?"

새로 입원한 병실은 1인실이었다. 중앙의 하얀 침대에 모모코 외숙모만 누워 있다. 병실이 비교적 넓은데 기묘한 압박감이 있었다. 지금까지 많은 사람이 이 병실에서, 이 침대에서 지내다가 사라졌다. 이상하게 그런 사실이 여기 있는 것만으로도 절실히 느껴졌다.

"외삼촌은요?"

"응, 아까 갈아입을 옷을 챙기러 집에 갔어. 갑작스러워서 아무것도 준비 못 했거든."

"그래요……."

나는 외삼촌이 올 때까지 그곳에서 기다렸다. 모모코 외숙모는 예전처럼 빨리 가라고 나를 재촉하지 않고 조용히 누워 있었다.

"다카코, 늘 만나러 와줘서 고맙다. 또 와줄래?"

내가 가려고 할 때 모모코 외숙모가 조용히 그렇게 말했다.

"외숙모답지 않네요?"

"그야 부끄럽잖아. 약해졌을 때가 아니면 이런 소리 못 하겠는걸."

"그래도 솔직하니까 귀여우세요."

"아이고, 이런 아줌마한테 무슨 소리니?"

"금방 또 올게요. 그러니까 푹 쉬세요. 알겠죠?"

외숙모는 고개만 이쪽으로 돌려 싱긋 웃더니 "응" 하고 순순히 고개를 끄덕였다.

내 안에 있는 뜨거운 덩어리가 느껴졌다. 가슴 주변의 욱신거리는 뜨거운 덩어리가, 출구를 찾아 솟구치는 감각. 나는 병실에서 나와 복도 벽에 기대고 마음이 진정될 때까지 천장의 형광등을 빤히 노려보았다.

외삼촌이 모모코 외숙모의 병실에 자주 가야 했기 때문에 자연히 이 무렵부터 모리사키 서점도 쉬는 날이 많아졌다. 모모코 외숙모는 그걸 언짢아했다. 그러나 외숙모가 무슨 말을 하든 외삼촌은 병실에 다니는 걸 고집스레 그만두지 않았다.

외삼촌은 눈에 띄게 점점 야위어갔다. 원래도 말랐는데 한층 더 몸이 가늘어져서 지켜보는 사람이 괴로울 정도였다. 눈 밑에 다크서클이 생기고 뺨도 움푹 파여서 고작 몇 개월 만에 전보다 다섯 살은 늙어 보였다.

또 매사가 건성이었다. 눈앞에서 책을 들이미는 손님도 알아차리지 못할 정도로.

"삼촌, 손님이요" 하고 내가 살짝 어깨를 찌르면 "아, 아아. 이거 실례했습니다" 하고 허둥지둥 책을 받아 계산했다. 계산을 마치고 나면 또다시 시선이 멍하니 허공을 헤맸다.

가게 분위기 자체는 예전과 전혀 달라지지 않았다. 책은 외삼촌의 분류에 따라 있어야 할 곳에 잘 있고 청소도 꼼꼼하게 되어 있었다. 그러나 지금은 그게 오히려 이 공간을 답답한 장소로 만드는 것 같았다.

"조금은 쉬시는 게 좋아요."

나는 넌지시 외삼촌에게 권했다. 그러나 외삼촌은 이

러고 있는 편이 괜한 생각을 하지 않아서 좋다고, 전혀 말을 듣지 않았다.

"그래도 이러다가 쓰러져요."

"괜찮아. 그렇게 나약하지 않아."

외삼촌은 평소엔 약해빠져서 우는소리만 하는 주제에 이럴 때 꼭 강한 척이다.

"하지만 모모코 그 사람, 폐를 끼쳐서 미안하다느니 뭐니 하며 나한테 사과한단 말이야. 그 사람이 그런 소리를 하니 미칠 것 같아. 그러니까 나는 아무렇지도 않다는 걸 증명해야 해."

"삼촌⋯⋯."

나는 더는 할 말을 찾지 못했다.

"나는 한심한 놈이야."

지로 위에 걸터앉은 외삼촌은 여전히 멍한 시선을 허공으로 던지며 탄식하더니 혼잣말처럼 중얼거렸다.

"요 반년 동안 떠나보낼 각오를 했다고 여겼어. 하지만 안 돼. 막상 때가 닥치니까 역시 하루라도 같이 있고 싶어져. 아직 떠나지 말라고 이기적인 생각을 하게 돼. 그 사람은 이미 자연스럽게 죽음을 받아들였어. 결국 받아들이지 못한 건 나야. 아무래도 내가 욕심이 많은가 봐."

"욕심이 아니에요."

나는 마음을 담아 말했다. 그러나 외삼촌은 고개를 저었다.

"아니, 욕심쟁이야. 모모코가 조금이라도 오래 살 수 있다면 다른 건 뭐든지 희생해도 좋다고, 요즘은 이런 생각만 해."

외삼촌은 씁쓸한 미소를 지으며 "나도 참 업이 깊은 인간이구나" 하고 덧붙이더니 갑자기 정신이 번쩍 든 것처럼 나를 봤다.

"이런, 미안하다. 푸념만 자꾸 늘어놓아서."

"아니에요. 나는 지금 들어주는 것 말고는 할 수 있는 일이 없으니까."

정말로 내가 할 수 있는 일은 그 정도뿐이다. 무력한 나 자신에 너무도 실망했다.

내가 옆에서 혼자 낙담하는 것도 모르고 외삼촌이 갑자기 "오" 하고 소리를 내며 일어났다.

"금목서 향이 나는구나."

그렇게 말하더니 깊이 숨을 들이쉬며 눈을 감았다. 나

도 따라서 호흡했다. 정말이다. 곰팡내 사이에 밤이 되어
한층 진해진 달콤한 향이 어디에선가 감돌았다.

"벌써 이런 계절이네요."

내가 말하자 외삼촌은 그날 처음으로 제대로 된 미소
를 지었다.

"모모코는 예전부터 이 향을 좋아했어. 병실에 있는 모
모코도 맡으면 좋겠구나."

그러기를 바라는 듯이 외삼촌은 가만히 눈을 감았고,
오래도록 그렇게 있었다.

시간이 흘러 하루하루 지나간다. 시간을 멈추는 일은
그 누구도 하지 못한다.

마지막으로 모모코 외숙모와 만난 것은 10월 초의 어
느 날 화창한 오후였다. 창 너머로 기분 좋은 가을 공기가
들어와, 정원에 핀 금목서 향기가 병실 안까지 닿았다. 커
튼이 바람에 살살 흔들렸다. 고요함에 감싸여 옷감이 스
치는 작은 소리까지 또렷하게 들리는 오후였다.

외삼촌은 내가 병실에 들어오자 잠깐 볼일이 있다고
우물우물 중얼거리고는 곧바로 병실에서 나갔다. 마지막

이 될지도 모르니까 나와 외숙모를 단둘이 있게 해주려는, 외삼촌 나름의 배려였겠지.

"애, 뭐든 이야기를 하나 들려주지 않을래?"

한동안 꾸벅꾸벅 졸던 모모코 외숙모는 눈을 뜨더니 내게 말했다.

"오늘은 기분도 꽤 좋고, 뭔가 이야기를 듣고 싶은 기분이야."

"이야기라면 어떤 거요?"

"뭐든지 좋아. 음, 예를 들면 다카코의 어린 시절 추억 이야기는 어떨까?"

갑작스러운 부탁에 곤란해진 나는 이 자리에 어울릴 만한 추억 이야기가 있을지 머리를 굴렸다. 가능하면 웃을 수 있는 이야기가 좋다. 외숙모가 웃을 수 있게. 아주 잠깐이라도 몸의 고통을 잊을 수 있게.

"맞다. 아직 외숙모랑 외삼촌이 결혼하기 전의 일인데, 딱 한 번 삼촌이 저를 여름 축제에 데리고 갔던 적이 있었어요."

"어머, 사토루랑?"

"엄마랑 평소처럼 할아버지 댁에 갔던 여름인데, 마지

막 밤에 근처에서 축제 음악이 희미하게 들리는 거예요. 그래서 제가 꼭 가고 싶다고 고집을 부렸어요. 엄마는 내일 아침에 비행기를 타야 하니까 오늘은 일찍 자라고 했는데, 저는 외삼촌이랑 있는 게 좋으니까 내일 아침이면 이제 여기 있지 못한다는 사실이 너무 쓸쓸했거든요. 그래서 외삼촌이 저를 데리고 가줬어요. 외삼촌도 당연히 좋아했고요. 결국 도착하긴 했지만 얼마 안 지나서 축제는 끝났는데, 저는 거기 간 것만으로도 만족해서 굉장히 행복했어요. 노점상에서 아무것도 못 산 탓에 근처 편의점에서 외삼촌이 아이스크림을 사 줘서 둘이 쓸쓸하게 먹으며 돌아왔을 뿐이지만요."

애기하는 동안 등롱의 밝은 빛이나 떠들썩한 사람들 목소리, 낮의 열기가 남은 밤공기까지 그때의 풍경이 어렴풋하게 떠올랐다. 지금껏 잊고 살았는데 지금 이렇게 생각하니 소중한 추억 같았다.

"음, 이게 다예요. 죄송해요. 좀 더 재미있는 이야기가 생각나면 좋았을 텐데."

내가 사과하자 모모코 외숙모는 천장을 바라보며 고개를 천천히 저었다.

"왠지 떠오르네, 그 정경이⋯⋯. 근사하구나. 나도 거기 있었다면 좋았겠다. 어린 시절의 다카코와 사토루와 셋이서 같이 축제에 가고 싶어."

"에이, 외숙모. 결국 축제에는 제대로 가지도 못했다니까요."

"그래도 두 사람한테 잘 어울리는 이야기 아니니?"

모모코 외숙모가 그렇게 말하며 킥킥 웃어서 나도 웃고 말았다. 웃을 생각이었다. 그러나 정신을 차리자 손등에 뭔가 차가운 것이 뚝뚝 떨어지고 있었다. 아. 의식하기도 전에 내 얼굴에서 또 빗물처럼 물방울이 손으로 떨어졌다. 이러면 안 된다고 생각했으나 이미 늦었다.

나는 외숙모 앞에서 절대 울지 않겠다고 결심했었다. 제일 괴로울 외숙모 앞에서 눈물을 보이는 건 이기적이고 부끄러운 짓이라고 생각했으니까. 그래서 울지 않겠다고 다짐했는데, 그날 오후만큼은 그게 안 됐다. 한번 느슨해지자 이제 멈출 수 없었다. 가슴 속에서 줄곧 출구를 찾아 회오리치던 뜨거운 덩어리가 왈칵 솟구쳤다.

"죄송해요."

나는 어떻게든 눈물을 참으려고 하며 사과했다. 결국

출구를 찾고 만 감정은 내 이성 따위는 무시하고 눈물이 되어 계속 흘러나왔다.

"죄송해요, 죄송해요."

고개를 숙이고 같은 말을 몇 번이나 반복하자, 모모코 외숙모가 손을 뻗어 내 머리카락을 만지고 머리를 감싸듯 이 쓰다듬었다. 속삭임처럼 내 귓가에 대고 "괜찮아" 하고 말했다.

"사과하지 마."

외숙모가 다정한 목소리로 속삭이니까 공연히 더 눈물 이 나왔다.

"그래도…… 죄송해요."

"다카코, 사과하지 마. 알았지?"

나는 흐르는 눈물을 그대로 두고 어떻게든 고개를 끄 덕였다. 모모코 외숙모가 내 뺨을 약하게 꼬집었다. 외숙 모의 손끝은 너무 차가웠다. 나는 창백하고 차가운 손을 잡아 충동적으로 꼭 움켜쥐었다. 어쩜 이리 손이 작을까. 원래도 모모코 외숙모의 손은 작아서 꼭 어린아이 손 같 았다. 그런데 지금은 그보다 훨씬 더 작아진 것 같았다. 붙잡고 있는 부분부터 점점 더 작아져서 가랑눈처럼 사라질 것만 같았다.

"나를 위해 울어줘서 고맙다."

모모코 외숙모가 말했다.

"슬플 때는 꾹 참지 말고 많이 울면 돼. 앞으로도 살아가야 하는 너를 위해 눈물이 있는 거란다. 앞으로도 살다 보면 슬픈 일이 분명 많을 거야. 사방에 굴러다닐 테지. 그러니까 슬픔에서 도망치려고 하지 말고, 그럴 때는 마음껏 울고 슬픔과 함께 앞으로 나아가면 돼. 그게 산다는 것이니까."

"네……."

나는 모모코 외숙모의 손을 붙잡고 고개를 끄덕였다. 금목서의 달콤한 향이 병실에 여전히 은은하게 남아 있어서, 나는 흐느끼면서도 그 향기를 맡았다.

"얘, 다카코. 나는 하나도 후회하지 않아. 사토루와 다시 만나서 남은 시간을 그 사람 곁에서 보내고 작별 인사를 나눌 시간까지 갖게 되어서 정말 다행이라고 생각해. 덕분에 너하고도 이렇게 친해졌고. 더 많은 걸 바라면 벌 받을 거야."

그랬다. 모모코 외숙모가 외삼촌 곁에 돌아온 이유는

외삼촌에게 작별을 나누고 싶어서였다. 외숙모가 재발 사실을 알고도 평소와 다름없었던 것은 본인의 소망을 전부 이루었기 때문일지도 모른다. 외숙모는 입원하고서도 늘 주변 사람들을 배려했고 언제나 의연했다. 외숙모는 정말 아무것도 후회하지 않는다.

그런데 모모코 외숙모는 그렇게 말한 다음, "그래도" 하고 말을 이었다.

"내가 죽고 나서 딱 하나, 너무너무 걱정되는 게 있어."

갑작스러운 말이었다.

"다카코. 잔뜩 폐만 끼치고 이런 소리를 해서 미안한데, 괜찮다면 내 마지막 부탁, 들어줄래?"

"부탁이요?"

나는 눈물과 콧물로 엉망인 고개를 들어 외숙모를 봤다. 외숙모는 굳은 의지가 깃든 눈동자로 나를 지긋이 바라보았다.

"그래. 사토루가, 암이 재발한 걸 알게 된 뒤에 단 한 번도 슬픈 표정을 보여주지 않아. 자기가 전부 짊어졌다는 표정으로 항상 웃어. 그래도 내가 이렇게 되어서 사토루가 얼마나 슬퍼하는지 사무치도록 잘 알고 있어. 그 사람은 절대로 인정하지 않겠지만 말이야. 내가 걱정하는 건, 그 사람은 내가 떠난 뒤에도 지금처럼 울지도 못하고 다른 사람에게 기대지도 못한 채 슬픔을 짊어지고서 살아갈 것 같아서야. 워낙 다정하고 서툰 사람이니까."

"네."

근래에 본 외삼촌의 애절한 미소가 머릿속에 떠올라 가슴이 아팠다.

"그러니까 만약 내가 죽고 나서도 사토루가 울지 않으면, 다카코, 네가 곁에 있어주면 좋겠어. 우리는 결국 아이를 갖지 못했으니까 너 말고 이런 부탁을 할 사람이 생각나지 않아. 만약 사토루가 자기 마음속에 갇혀버리면 화를 내주렴. 그 사람을 울게 해줘. 그렇게 해서 그 사람이 다시 앞으로 나아가는 게 나의 가장 큰 바람이니까."

모모코 외숙모가 내 손을 힘주어 잡았다. 몸 어딘가 괴로운지 얼굴이 조금 일그러졌다.

"미안하다, 이기적인 부탁을 해서."

"약속할게요."

나는 모모코 외숙모의 눈을 똑바로 바라보고 말했다. 외숙모의 마음을 전부 받아들였다는 것을 알아주길 바랐으니까.

"고맙다. 왠지 마음이 놓이네."

그렇게 말한 모모코 외숙모는 그제야 표정을 풀고 싱긋 웃었다. 정말 진심으로 안도한 듯한 부드러운 미소였다. 그러더니 눈물로 엉망인 내 얼굴을 손수건으로 살살 닦아주었다. 나는 아이가 엄마 앞에서 그러는 것처럼, 외숙모가 눈물을 깨끗하게 닦아줄 때까지 꼼짝하지 않고서 눈을 감았다. 오랫동안, 계속.

아주아주 화창한 오후였다. 크림색 커튼이 조용히 바람에 흔들릴 뿐이었다.

모모코 외숙모는 그로부터 사흘 뒤 새벽에 세상을 떠났다.

15

장례식은 외삼촌 집에서 지냈다.

모모코 외숙모에게 잘 어울리는, 10월의 맑고 화창한 날이었다. 외숙모의 부모님은 외숙모가 어렸을 때 돌아가셔서 친척은 우리 부모님을 포함해 몇 명뿐이었다. 하지만 대신 진보초에서 외숙모와 인연이 있던 사람들이 많이 와주었다. 사부 씨를 비롯한 서점 단골, 카페 스보루의 사장님과 다카노 군, 나카조노 씨와 요릿집 단골, 또 외숙모가 전에 일했던 산장의 직원들……. 물론 와다 씨와 도모 짱도. 도모 짱과 산장 주인아주머니는 쓰야* 준비까지 도우러 일찍 달려와 일손이 부족해 곤란했던 나와 엄마를 구해주었다.

　그것만으로도 외숙모가 모두에게 얼마나 사랑받았는지, 다들 얼마나 애통해하는지 알 수 있어서 나는 더없이 기뻤다. 외숙모를 밝게 보내주려는 마음도 모두 똑같았다. 마지막까지 다부지게 꽃처럼 밝은 미소를 보여준 모모코 외숙모. 그런 사람을 우중충한 분위기로 보내는 건 아무리 생각해도 잘못된 일이다. 그런 생각이 우리 마음속에 공통으로 있었던 것 같다.

　그래서 쓰야 때, 외숙모의 관을 둘러싸고 앉아 우리는 평소처럼 함께 웃었다. 잔뜩 취한 사부 씨는 생전 외숙모에게 언젠가 특기인 나니와부시**를 들려주기로 약속했는데 지키지 못했다면서 독창을 장장 30분도 넘게 선보였다. 나중에는 부인에게 "부끄럽게 하지 말아요"라고 진심으로 혼났다. 모모코 외숙모의 먼 친척인 여성은 그렇게 흥이 오른 우리를 보며 예의도 모른다고 말하고 싶은지 얼굴을 찌푸렸으나, 말도 안 되는 오해다. 거기에도 슬픔

---

* 　通夜. 장례식 전날 밤, 고인과 가까운 사람들이 모여 밤새우며 곁을 지키는 행사.
** 　浪花節. 일본의 전통악기인 샤미센 반주에 맞춰 노래하는 창곡.

은 분명히 있었다. 그저 우리는 슬픔을 외숙모가 기뻐할 방식으로 표현하고 싶었을 뿐이다.

마음에 남는 좋은 장례식이었다고 생각한다. 모모코 외숙모도 기뻐했을 거라고 지금도 나는 확신한다. 관에 누운 외숙모의 표정도 평온하고 명랑해 보이기까지 했다.

"모모코 외숙모, 표정이 참 좋아요."

"그러게. 꼭 같이 즐기는 것 같아."

"틀림없이 그럴 거야."

우리는 입을 모아 말했다.

다만 한 가지 마음에 걸리는 것이 있었다.

사토루 삼촌이다. 외삼촌은 장례식 내내 거의 입을 열지 않았다. 요리에도 술에도 일절 손대지 않고, 찾아온 조문객에게 공손히 고개를 숙이고 성실하게 몇 번이나 감사 인사를 하러 다니기만 했다. 외숙모를 화장하는 동안에도 사부 씨나 사장님 등 옆에서 사람들이 눈물을 훔치는데도 그저 가만히 하늘만 바라보았다. 마치 하늘 저 끝까지 보려는 것처럼 아득한 눈으로.

만약 그 자리에서 외삼촌이 울거나 흐트러진다 해도 우리는 따뜻하게 받아들일 준비가 되어 있었다. 나는 솔직히 외삼촌이 그렇게 우리에게 기대기를 바랐다. 같이 슬퍼하고, 가능하면 서로 위로하는 말을 건네고 싶었다. 그러나 외삼촌은 그 누구에게도 약한 모습을 보여주려 하지 않았다.

외숙모의 임종을 지킨 사람은 물론 외삼촌이었다. 그때 외삼촌이 어떤 모습이었는지, 무엇을 생각하고 무슨 말을 걸었는지 나는 모른다. 적어도 장례식 때의 모습을 보면, 외숙모가 걱정했던 것처럼 외삼촌이 자기 마음을 겉으로 내비치는 것을 피한다는 인상을 받았다.

"얼마간 서점을 쉬려고 해."

장례식을 마치고 얼마 지나지 않은 어느 날, 외삼촌이 내게 말했다.

그날 나는 외삼촌이 마음에 걸려 퇴근길에 모리사키 서점에 들른 참이었다. 아직 영업시간인데도 셔터가 내려져 있었다. 걱정되어서 그 자리에서 휴대전화로 외삼촌 집에 연락했는데, 오래 기다린 끝에 간신히 외삼촌이 전화를 받았다. 외삼촌은 내 질문에 너무도 지친 목소리로 "쉬기로 했어"라고 대답했다.

나는 당혹스러우면서도 '아, 역시' 하는 마음도 한편으로 들었다. 외삼촌이 조만간 이런 말을 꺼내지 않을까 하는 어렴풋한 예감 비슷한 것이 있었으니까.

"몸이 안 좋으세요?"

내가 묻자 외삼촌은 "아니, 그런 건 아니야" 하고 휴대전화 너머에서 패기 없는 목소리로 대답했다.

"식사는 잘 챙기고 계세요? 제가 뭐 좀 만들어드리러 갈까요?"

"괜찮아. 조금 지쳤을 뿐이니까. 그럼……."

그렇게 전화가 끊겼다. 요 한 달 동안 외삼촌은 보기 딱할 정도로 초췌해졌으니까 느긋하게 쉬는 것은 나도 찬성이었다. 충분히 쉬고 마음이 진정되면 다시 서점에 돌아오면 좋겠다. 그러기를 바랐다. 외삼촌에게도 당연히 그편이 나을 테니까.

다만 나는 당연히 며칠, 길어봤자 일주일 정도일 거라고 예상했다. 그런데 모리사키 서점의 셔터는 한참 시간이 흘러도 무겁게 내려진 채 도무지 열리지 않았다. 셔터 한가운데에 언제 붙였는지 '한동안 쉽니다'라고 자필로 쓴 하얀 종이가 있었는데, 그것도 이미 비바람을 맞아 볼품

없이 축 처져 있었다.

"사토루 씨, 언제쯤 서점을 열 생각이지?"

매일같이 서점을 찾았던 사부 씨도 갈 곳을 잃어버려서 쓸쓸해 보였다.

"마음은 이해하는데, 부디 사토루 씨가 다시 서점을 해주면 좋겠어. 우리 단골들도 부족하지만 힘이 되어줄 테니까. 사토루 씨가 나와 있지 않으면 격려하고 싶어도 할수가 없잖아."

사토루 씨와 만날 기회가 있다면 말을 전해주면 좋겠다고, 사부 씨는 내게 전화를 걸어 전언을 부탁했다.

그렇다. 서점의 문이 열리기를 기다리는 사람들이 있다. 외삼촌도 당연히 알고 있을 텐데…….

결국 그 후로도 서점 셔터는 올라가지 않았다. 외삼촌은 한 달 가까이 일을 쉬었다. 그동안 뭔가를 하는 것도 아니었다. 대부분 집에 틀어박혀 지내는 듯했다. 모모코 외숙모가 떠나기 전까지는 어떤 상황에서든 서점을 영업하려고 그토록 집착했으면서……. 너무 바짝 긴장했던 탓에 상황이 이렇게 되니까 단숨에 느슨해진 것일까.

상태를 살피려고 구니타치에 있는 외삼촌 집을 찾아갔

238

다. 전화로는 매번 잘 챙겨 먹는다고 말하지만 목소리에 전혀 기운이 없었으니, 외삼촌에게 뭔가 대접하기 위해 도중에 마트에서 재료를 사기로 했다.

모모코 외숙모와 몇 번인가 같이 왔던 역 앞 대형마트에 들렀다. 외숙모는 이 가게가 다른 곳보다 가격이 싸다는 이유로 마음에 들어 했다. 같이 마트에 가면 몸이 가벼운 외숙모는 카트에 체중을 다 싣고 스르륵 통로를 경쾌하게 미끄러져서 나를 웃겼다. 외숙모가 떠난 이후로, 이런 아무래도 좋은 사소한 기억만이 어쩌다 불쑥불쑥 떠올랐다. 그때마다 마음에 구멍이 뻥 뚫린 기분이었다.

소중한 사람을 잃은 상실감. 그것을 다양한 곳에서 다양한 형태로 지금까지도 느끼고 있었다.

장보기를 마치고 마트 봉지를 양손에 든 채 주택가 골목을 걸어 외삼촌 집으로 갔다. 새빨갛게 저녁놀이 진 하늘에 잠자리가 몇 마리 날아다녔다. 그중 한 마리가 내게 다가와 어깨에 앉으려는 기미를 보이더니 다시 하늘 높이 올라갔다. 울음이 터질 것 같았다. 나는 점점 발걸음을 재촉해 외삼촌 집으로 향했다.

저녁쯤에 간다고 말해두었는데 초인종을 눌러도 외삼

촌이 나오지 않았다. 문은 잠겨 있지 않았다. 내 마음대로 현관에 들어가 계단 아래에서 부르자, 2층 외삼촌 방에서 "응" 하는 대답만 돌아왔다.

먼저 거실에 있는 모모코 외숙모의 제단 앞에서 손을 모았다. 영정 사진은 카메라 애호가이기도 한 단골손님이 반년쯤 전에 찍어준, 모리사키 서점을 배경으로 외숙모가 미소 짓고 있는 사진이다. 보는 사람까지 마음이 들뜨는 멋진 사진이었다.

그런 다음에 계단을 올라가 방문을 두드린 뒤 열었다. 이미 해가 지기 시작했는데 외삼촌은 위아래 편안한 옷을 입고 이불을 덮은 채 누워 있었다. 머리는 자느라 엉망진 창이고 수염도 깎지 않아서 꼭 만화에 나오는 도둑 같았다. 몰골이 너무해서 나는 큰 소리를 낼 수밖에 없었다.

"삼촌!"

외삼촌은 게슴츠레한 눈동자를 내게 향하더니 "오오" 하고 맥 빠진 인사를 했다. 최근 들어 매일 이렇게 지내는지, 방에는 감자칩 봉지나 편의점 도시락 용기가 널려 있었다.

"뭐 하시는 거예요?"

"잤어."

외삼촌이 이불 아래로 두 손을 쑥 내밀어 두 개의 브이 자를 만들었다.

"브이는 무슨. 지금 그럴 때예요?"

거칠게 이불을 걷어내자 외삼촌이 공벌레처럼 몸을 말았다. 나는 아랑곳하지 않고 닫힌 커튼을 활짝 젖혔다.

"이러지 마라. 빛을 쬐면 재가 될 거야."

"바보 같은 말씀 마세요!"

나도 모르게 목소리가 울먹거렸다. 왠지 마음이 놓였다. 외삼촌이 무사히 살아 있어서, 이렇게 존재해 줘서.

딱히 외삼촌이 외숙모 뒤를 쫓아 죽을지도 모른다고 생각한 건 아니다. 그러나 최근 외삼촌은 뭐든지 혼자 짊어지려 해서 아주 먼 곳에 있는 존재처럼 느껴졌다. 그러니 설령 공벌레 같더라도 외삼촌이 제대로 이 자리에 존재해서 그저 기뻤다.

"미안하다, 다카코."

외삼촌이 내 마음을 이해했는지 멋쩍어하며 이불 위에 앉았다. 그리고 렌즈가 잔뜩 더러워진 안경을 쓰고선, 눈치를 살피듯이 나를 바라보았다.

"됐어요. 그보다 뭐 좀 만들 테니까 같이 드세요. 밥 제대로 안 차려 드셨죠?"

"그래. 미안하다."

외삼촌이 순순히 고개를 끄덕였다.

나는 부엌을 빌려 외삼촌이 좋아하는 카레를 만들었다. 물론 외삼촌의 규칙에 따라 바몬드카레 순한맛이다. 한동안 사용한 흔적이 없는 부엌은 지나치게 깨끗했다.

카레와 샐러드, 달걀국을 접시에 담아 거실로 옮긴 다음 외삼촌을 불렀다. 먹기 전에 세수도 하고 수염도 좀 깎으라고 했더니 외삼촌은 순순히 세면대로 갔다. 옷도 너무 지저분하니까 갈아입으라고 하자, 2층에 가서 색도 형태도 똑같지만 일단은 다른 옷으로 갈아입고 왔다.

거실에 들어온 외삼촌을 보자마자 비명을 질렀다. 입 주변이 피로 빨갛게 물들어 있었기 때문이었다.

"응? 왜 그러냐?"

외삼촌이 멍하니 입을 벌리고 내게 물었다. 그대로 다가오려고 해서 내가 절규했다.

"피! 피!"

"아, 너무 오랜만에 수염을 깎아서 아무래도 여기저기

베었나 보네."

맹한 투로 그렇게 말한 외삼촌은 티슈로 입가를 훔치더니, 피로 물든 티슈를 보며 "음, 이거 심하군" 하고 바보 같은 소리를 냈다.

"'음'이 아니죠. 제대로 거울을 보고 하셨어야죠."

"그래도 한심한 내 모습은 보고 싶지 않으니까."

일단 자기가 한심한 꼴이라는 자각은 있나 보다. 아무리 그래도 이 사람은 이럴 때조차 예측 불가능한 행동을 하니까 역시 방심할 수 없다.

아무튼 우리는 식탁에 앉았다. 외삼촌은 여전히 게슴츠레한 눈에 아무 표정 없이, 그저 기계적으로 카레를 입에 넣을 뿐이었다. 도저히 식사하는 모습으로는 보이지 않는다. 그래도 아무것도 먹지 않는 것보다는 나을 테지.

"사부 씨도 그렇고 다들 걱정해요. 다시 서점을 운영하는 삼촌을 만나고 싶대요."

내 입맛에는 달기만 한 카레를 먹으며 사부 씨와 손님들에게 들은 말을 외삼촌에게 전했다.

"음, 그래? 그것참 면목 없네."

"다들 기다리고 계세요."

"응."

"다음에 저도 도울 테니까 같이 서점에 가실래요?"

"응, 생각해 보마."

외삼촌은 감정이 전혀 담기지 않은 말을 늘어놓을 뿐이었다. 그러더니 "미안하다, 배가 꽉 찼네"라며 숟가락을 내려놓았다. 절반도 먹지 않았다. 여전히 정신적으로 약한 상태다. 그러나 이대로 두는 것은 옳지 않다. 나는 모모코 외숙모와 약속했다. 외삼촌이 다시 앞으로 나아가도록 돕겠다고. 다만 구체적으로 뭘 하면 좋을지 도무지 모르겠다. 내가 할 수 있는 일은 음식을 준비하고 빨래를 하고, 외삼촌의 말 상대를 해주는 것 정도다. 최소한 서점을 열기라도 하면 다른 방식으로 힘이 될 수 있는데.

"저기, 외삼촌."

걱정이 된 나는 조심스럽게 말을 걸었다.

"응?"

"설마 이대로 서점을 닫으시려는 건 아니죠? 물론 쉬는 건 중요해요. 그러니까 지금은 그냥 쉬는 거죠?"

외삼촌은 내 말에 놀랐는지 고개를 들었다. 그러나 금방 우울한 눈빛을 짓고 고개를 숙였다.

"모르겠어……."

"외삼촌……."

"정말 모르겠어. 서점을 하기 싫어진 게 아니야. 기다리는 손님이 있는 것도 잘 알고 있어. 하지만 너무 괴로워. 그 서점은 모모코와 같이 시작한 곳이야. 모모코가 없는 동안에도 서점을 운영한 건, 그 사람이 어딘가 먼 하늘 아래에서라도 살아 있었기 때문이야. 그 사람이 지치고 상처받아 힘들어졌을 때 돌아올 곳을 남겨두고 싶은 마음이었으니까."

그런 말을 하는 외삼촌의 표정이 딱딱해졌다. 때때로 그 얼굴이 괴로운 듯 일그러졌다.

"하지만 지금은 거기 있으면 너무 괴로워. 그곳에는 추억이 너무 많아. 그 추억들이 모모코가 죽었다는 사실을 생생하게 알려줘. 나는 이제 시간이 흐르게 두고 싶지 않아. 시간이 흐르면 모모코가 점점 멀어지니까."

외삼촌은 내 반대편을, 방 한쪽에 걸린 벽시계를 노려보듯 바라보았다. 할아버지 대부터 썼던 시계는 지금도 째깍째깍 정확하게 시간을 알려줬다. 지금의 외삼촌은 저 시계의 바늘까지 멈춰버릴 것 같았다. 그런 일을 하게 둘

수는 없다. 나는 천천히 입을 열었다.

"외삼촌이 어떤 마음이신지 알아요. 조금은요. 왜냐하면 저도 외숙모를 아주 많이 좋아했으니까. 그래도 그건 잘못된 거예요. 외삼촌도 잘못되었다는 거 알죠? 우리는 살아 있고 시간은 멈추지 않아요. 그러니까 아무리 다리가 무겁더라도 한 걸음씩 발을 앞으로 내디뎌야 해요."

나는 순간 가슴이 턱 막히는 것을 느끼면서도 말을 이었다.

"설령 그 결과가 떠난 사람을 뒤에 두고 가는 것이 되더라도."

"다카코……."

내가 눈을 들여다보며 말을 걸어도 외삼촌은 금방 시선을 피했다. 그래도 나는 상관하지 않았다.

"외삼촌은 아무것도 몰라요. 외삼촌은 저한테 많은 걸 가르쳐줬고 많은 말을 들려줬어요. 그러니까 저요, 지금 머릿속이 복잡하지만 그중에서 조금이라도 외삼촌이 알아주길 바라는 말을 고르고 있어요. 외삼촌이 저한테 가르쳐주셨잖아요. 나 자신의 말로 사람을 대하는 게 얼마나 중요한지."

내 말을 듣는 건지 마는 건지, 외삼촌은 계속 눈을 내리깔고 있었다. 그래도 마지막에는 전부 다 포기한 것처럼 어두운 목소리로 조용히 중얼거렸다.

"그래, 나는 몰라. 그래도 그거면 됐어……."

그 이후로도 모리사키 서점은 문을 열지 않았다.

내가 할 수 있는 일이라곤 서점을 깨끗하게 유지하는 것 정도였다. 바람도 통하지 않게 닫힌 공간에 헌책을 오래 방치하면 곰팡이가 생겨 팔지 못한다. 외삼촌이 서점 문을 다시 열 마음이 들었을 때, 당장 열 수 있게 해두고 싶었다. 모모코 외숙모도 틀림없이 그걸 바랄 테지.

퇴근길에 나는 여기에서 지냈을 적부터 갖고 있는 열쇠로 뒷문을 열고 안으로 들어갔다. 실내 공기는 한 달이나 그냥 방치한 탓에 무겁게 가라앉아 있었고 축축한 곰팡내가 가득했다. 어둠 속에서 손으로 더듬어 스위치를 찾아 불을 켜자, 형광등이 깜박깜박 점멸하더니 서점 안이 반짝 밝아졌다. 먼지 때문에 재채기가 나왔다. 그 소리가 서점 가득 울렸다.

일단 환기를 위해 창문을 활짝 열었다. 다음으로 빗자

루로 공들여 바닥을 쓸고 바닥과 책장 틈을 걸레로 부지런히 훔쳤다. 필요 이상으로 희뿌연 빛을 받은 서점 안은 유난히 공허해서 꼭 지하 깊은 곳에 있는 창고 같았다. 이곳에 있기만 해도 쓸쓸한 마음이 가슴에 고요하게 축적되는 느낌이었다. 기분 탓인지 주인이 오랫동안 상대해 주지 않은 방석 지로도 쓸쓸해 보였다.

그토록 외삼촌에게 사랑받고 많은 사람이 소중하게 아낀 곳이, 지금은 버려져서 그 누구도 필요로 하지 않는다니……. 가슴이 아팠다.

2층으로 올라가 외숙모가 키우던 창가 화분에도 물을 충분히 줬다. 며칠이나 물을 주지 않아 전부 말라서 주눅 든 것처럼 고개를 숙이고 있었다.

"미안해."

나는 꽃들에게 그렇게 속삭이며 하나하나 넉넉히 물을 주었다.

9시가 지나 서점에서 나왔다. 밤공기는 건조하고 바람이 피부를 에일 듯이 차가웠다. 나도 모르게 몸을 웅크렸다. 내쉰 숨이 어둠 속에서 너무 하얗게 보여 깜짝 놀랐다.

이 세상은 또다시 겨울이 되려고 한다.

사람이 사라져도 계절은 여전히 돌아온다. 몇 번이든.
그 당연한 사실이 지금은 너무 불합리하게 느껴졌다.

"또 올게."

나는 서점을 돌아보고 중얼거린 뒤 그곳을 떠났다.

"다카코 씨는 잘하고 있어."

와다 씨가 통화하면서 나를 위로했다. 요즘은 나도 우
울해지기만 한다. 이러면 안 된다고 생각하면서도 와다
씨에게 자꾸 기댄다.

"그렇다고 해도 외삼촌이 내 말을 전혀 들어주지 않아
서 큰일이야……."

도대체 뭘 어떻게 해야 모모코 외숙모가 부탁한 대로
외삼촌을 다시 앞으로 나아가게 할 수 있을까.

"어쩔 수 없어. 모리사키 씨가 가장 소중히 아긴 사람
이 떠났잖아. 이런 말은 하면 안 되지만, 나도 그런 식으
로 다카코 씨와 다시는 만나지 못하게 되면 전부 내던지
고 싶을지도 몰라."

와다 씨의 말을 듣고 나도 반대의 상황을 상상하고 말
았다. 아주 잠깐 상상했을 뿐인데 눈앞이 까맣게 물드는

것 같았다. 맞는 말이다. 모모코 외숙모를 잃고 나도 너무 슬프지만, 외삼촌의 슬픔에는 감히 비할 것이 못 된다. 그 날 외삼촌 집에서 조금은 마음을 이해한다는 건방진 소리를 한 것을 후회했다. 외삼촌에게 모모코 외숙모라는 존재는 오다 사쿠노스케의 가즈에다.

"외삼촌에게 그 서점은 모모코 외숙모와 함께한 나날을 상징하는 거겠구나."

모리사키 서점에는 추억이 너무 많다고, 그렇게 말한 외삼촌이 생각났다. 슬픔과 기쁨 전부가, 20년에 걸친 추억이 그곳에 지층처럼 겹쳐 쌓였겠지.

"지금은 아직 그런 날들을 추억으로 돌아보는 일을 견디지 못할 거야."

와다 씨가 말했다.

"그래도 언젠가는, 그렇게 추억이 쌓여 있으니까 소중한 곳이라고 생각할 날이 분명히 올 거야. 다카코 씨는 그때까지 믿고 기다리면 되지 않을까?"

"응. 그래야겠지."

그 후로도 며칠에 한 번, 시간을 내 부지런히 서점을 찾았다. 내가 하는 일은 환기하고 청소하고 장서에 곰팡이가 생기지 않았는지 확인하는 정도였다. 이 정도의 일이지만, 그래도 외삼촌만 그럴 마음이 생긴다면 바로 서점을 열 수 있을 거다.

며칠째인가 밤에는 도모 짱이 일을 도와주러 왔다. 사실 나도 밤에 혼자 서점에 있으면 많은 것이 떠올라 괴로워지곤 했다. 그래서 도모 짱이 와줘서 굉장히 고마웠다.

둘이 했더니 30분도 걸리지 않아 청소가 끝났다. 도모 짱은 의욕이 넘쳐서 2층 장서도 정리하겠다고 했으나, 거기까지 손을 대면 막차를 놓치니까 다음 기회에 하자고 부드럽게 거절했다.

도모 짱에게는 모모코 외숙모의 장례식 때도 그렇고, 최근 들어 자꾸 신세만 진다. 그 일로 도모 짱에게 얼마나 감사했는지 모른다.

좋은 기회여서 나는 다시금 고맙다고 말했다. 도모 짱은 "아니에요, 내가 뭐 대단한 일을 한 것도 아닌데요" 하고 평소처럼 겸손하게 대답할 뿐이었다.

"그래도 정말 신세를 많이 졌어."

내가 집요하게 고마운 마음을 전하려고 하자, 도모 짱이 갑작스럽게 말했다.

"저요, 연말에 본가로 가면 언니의 연인이었던 사람과 만나고 오려고 해요."

"어? 정말?"

"네. 저를 계속 걱정해 준 사람인데 내내 피했으니까 제대로 사과하려고요. 매듭을 짓는다고 하면 너무 유난일 수 있는데, 그러면 저도 조금은 미래를 볼 수 있을 것 같아서요."

"그렇구나. 잘 생각했어."

나는 도모 쨩이 그런 생각을 한 게 기뻐서 진심으로 찬성했다.

"이렇게 생각할 수 있었던 것도 다카코 씨와 다카노 군 덕분이에요."

도모 쨩의 말에 "아냐, 난 아무것도 하지 않았는걸" 하고 고개를 젓자, 그녀가 후후 작게 웃었다.

"거봐요. 다카코 씨도 그렇게 말하잖아요? 그러니까 피차일반이에요. 저는 고맙다는 말을 들으려고 한 게 아니에요. 다카코 씨도 그렇죠. 그런 거예요."

12월 초, 거리에 화려한 조명 장식이 보이기 시작했을 무렵의 어느 날이었다.

이제는 습관처럼 하게 된 모리사키 서점의 환기와 청소를 위해, 그날 밤에도 서점에 들렀다. 평소처럼 작업을 얼추 마쳤으니 이제 돌아가기만 하면 되는데, 나는 서점에서 나가지 않았다. 왠지 떠나기 싫은 기분이었다. 조금만 더 이곳에 머물고 싶었다. 그래서 계산대 안쪽에 있는 늘 앉아 있던 의자에 멍하니 앉아 있었다. 난방 장치는 켰지만 조금 전까지 창문을 열어둬서 서점 안은 바깥과 비슷하게 추웠다. 빨리 실내가 따뜻해지면 좋겠는데. 나는 손을 비비며 생각했다.

벽시계는 벌써 10시 근처를 가리켰다. 빨리 집에 가야 할 텐데, 하는 생각이 들었지만 마음과는 반대로 몸이 점점 움직이기를 거부했다. 송년회가 있었는지 창밖에서 한 무리의 사람들이 왁자지껄 떠들며 지나갔다.

문득 계산대 아래쪽 도구함에 들어 있는 장부에 시선이 멎었다. 말은 장부지만 이 서점에서는 그리 대단한 것을 기록하지 않는다. 팔린 책과 금액을 적는 정도다. 외삼촌이 평소 쓰던 가죽 장부는 제법 두꺼운 데다 오래 써서 너덜너덜했다.

지금 보이는 장부는 훨씬 얇았고 비교적 새것이었다. 뭔가 싶어 나는 마치 안쪽에 숨기듯 들어가 있는 장부를 끄집어냈다.

"아……."

펼친 순간 나도 모르게 소리를 냈다. 페이지마다 빽빽하게, 통통 튀는 듯한 글씨체로 뭔가가 적혀 있었다.

그건 모모코 외숙모가 쓴 글이었다.

일기라기보다는 간소한 메모였는데, 날짜와 날씨와 함께 서점에서 있었던 일들이 적혀 있었다. 메모는 모모코 외숙모가 갑자기 돌아와 서점 2층에서 살기 시작하고 얼마 지난 후부터 시작했다.

· 사토루 오늘은 책도 팔려서 기분 좋음

· 구라타 씨 찾았던 모리 오가이 보관

· 수레 분류 잊지 말 것!

· 비가 와서 낮까지 손님 없음, 슬퍼

· 다카코 오늘은 기운이 없네? 걱정

나는 처음 몇 페이지를 읽고 장부를 탁 덮었다. 여기

에, 모모코 외숙모의 마음 일부가 분명히 남아 있다. 외숙
모가 외삼촌과 나와 함께 보낸 나날이 새겨져 있다. 오래
오래 읽힐 명작도 아니고 문호의 유산도 아니다. 그러나
우리에게는 더없이 소중한 것이다.

지금 당장 외삼촌에게 보여줘야 해. 그렇게 생각하며
의자에서 일어나려고 했는데, 바로 동시에 뒷문이 힘차게
벌컥 열리는 바람에 펄쩍 뛰었다. 그쪽을 보니, 무슨 일인
지 외삼촌이 어깨로 숨을 헐떡이며 입구에 서 있었다. 왠
지 놀란 표정을 짓고서. 그저 나를 바라보던 외삼촌의 얼
굴이 곧 낙담한 표정으로 바뀌었다.

"다카코구나……."

외삼촌이 힘없이 웃고 중얼거렸다.

"그냥 헌책방 거리에 훌쩍 와봤어. 그랬더니 서점에 불
이 켜져 있어서……."

외삼촌의 표정을 보니 그다음은 듣지 않아도 알 수 있
었다. 외삼촌은 모모코 외숙모가 있을지도 모른다고 착각
한 것이다. 머리로는 그럴 리 없다고 알면서도. 한편 나는
나대로 갑작스러운 외삼촌의 등장에 소리도 내지 못할 정
도로 놀랐다.

"다카코……?"

외삼촌이 어리둥절한 표정으로 나를 바라보았다.

세상에 이런 타이밍이 있을까. 어떤 힘이 작용했다거나 말로는 표현하지 못하는 불가사의한 일이 일어났다고밖에 생각할 수 없었다. 모모코 외숙모의 장부를 발견하고, 이걸 외삼촌에게 보여줘야겠다고 생각한 그때 본인이 뛰어 들어왔다…….

"있잖아요."

나는 여전히 진정하지 못한 상태로 외삼촌 앞에 서서 장부를 내밀었다.

"이거, 모모코 외숙모가 쓴 장부."

"모모코가?"

외삼촌은 내가 들고 있는 장부를 한참이나 멍하니 바라보더니 느릿느릿 손을 내밀었다.

"앉아도 될까?"

외삼촌은 지로 위에 앉아 장부를 천천히 펼쳤다. 그 안에 적힌 글자를 눈으로 정성스레 좇으면서 "그 사람, 언제 이런 걸 썼지" 하고 웃으며 중얼거렸다.

"그러게요."

이제야 난방한 효과가 도는지 서점 안이 따뜻해졌다. 외삼촌은 푹 빠진 채로 계속 페이지를 넘겼다. 종이가 스치는 소리가 귀에 들렸다. 차라도 끓일까, 하고 2층에 주전자와 찻잔을 챙기러 올라가려는 순간, 외삼촌이 갑자기 "아" 하고 짧게 소리를 냈다.

"왜요?"

의아해서 옆에서 들여다봤다가 나 역시 무심코 소리를 냈다. '사토루에게'라는 말로 시작하는 긴 문장이 마지막 페이지에 담겨 있었다. 날짜도 적혀 있었는데, 외숙모가 쓰러져서 구급차를 타고 병원에 가기 이틀 전이었다.

"이거…….'"

내가 말을 걸자 외삼촌은 페이지를 바라본 채 묵묵히 고개를 끄덕였다. 그 손이 희미하게 떨렸다.

"저기, 저 잠깐 나가 있을까요?"

"아니, 괜찮다. 여기 있어다오."

"알았어요."

나는 고개를 끄덕이고 입을 다물었다.

외삼촌은 시간을 들여 문장을 눈으로 따라갔다가, 한동안 천장을 우러러보았다. 그러더니 자세를 가다듬고 다시, 이번에는 더욱더 시간을 들여 차근차근 읽었다. 그러는 동안 나는 서점 안을 이리저리 둘러보고 통로를 왔다 갔다 했는데, 갑자기 외삼촌이 말없이 장부를 건네주어서 놀랐다.

"아니에요, 저는 됐어요."

"괜찮아. 너도 읽어주면 좋겠어."

외삼촌이 나를 물끄러미 바라보며 재촉하듯이 장부를 쓱 내밀었다. 잠깐 망설였다가 결국 그것을 받았다.

사토루에게

당신이 이걸 발견하는 게 언제쯤일까? 만약 당신이 기운을 되찾은 뒤라면 굳이 읽을 필요 없어. 그때는 코라도 풀고 버리면 돼.

유서를 남길까 했는데, 그러면 당신이 금방 읽게 되잖아. 그건 의미가 없을 것 같아서 이렇게 여기 적어두기로 했어. 유서 대신이라고 생각하고 읽어줘.

아쉽지만 나는 당신보다 오래 살지 못하게 됐어. 이것도 어떤 인도일지도 모르지. 그러니까 미안하지만 먼저 떠날게.

울보인 당신을 두고 떠나는 게 너무 괴로워. 당신은 나한테 청혼할 때도 "당신은 내가 아니어도 괜찮겠지만 나는 당신이 아니면 안 돼"라며 울었잖아. 그때 나는 "곤란한 사람이네"라고 웃었지만 사실은 정말 기뻤어. 전 세계를 아무리 돌아다녀도 그렇게 한심하고 멋진 말을 내게 해주는 사람은 당신밖에 없을 테니까. 그리고 나 역시 당신이 없으면 안 돼.

그 후로 괴로운 일도 즐거운 일도 함께하고 유쾌한 나날도 많이 보냈지. 내가 너무 제멋대로여서 당신에게 많은 폐를 끼치기도 했어. 그래도 당신은 집을 나간 나를 데리러 와줬지. 돌아오라고 말해줬지. 당신은 얄미울 정도로 다정한 사람이야. 다정해서 나를 마지막까지 내버리지 않았어. 단념하지 않았어.

나는 지금부터 매일, 죽을 때까지 당신에게 매일 한 번은 반드시 "고마워"라고 말할 생각이야. 그렇게 해도 지금까지 당신이 해준 일에 대한 보답으로는 부족하다고 생각하지만. 아무튼 이걸로 내가 당신에게 얼마나 감사하는지 조금이라도 전해지면 좋겠어.

음, 점점 글이 지리멸렬해지는 것 같네. 문법에 맞게 쓰고 있을까? 아니더라도 너그럽게 용서해 줘.

아무튼 내 바람은, 그래, 나에게 사토루 당신과 함께한 추억이 아주 멋진 것처럼 당신에게도 나와의 추억이 슬픈 것이 아니라 즐겁고 기쁜 것이 되면 좋겠어. 만약 당신이 병실에서 보여줬듯 매일 괴로운 표정으로 그저 살아만 있다면, 나는 그런 걸 바라지 않는다는 것만은 알아줘. 나는 당신이 웃었으면 좋겠어. 나는 당신의 웃는 얼굴이 좋아.

당신 곁에는 당신을 도와줄 사람이 아주 많아. 그걸 떠올리고 모두에게 기대면 돼. 나는 그중에서도 제일 신뢰할 수 있고 제일 좋아하는 사람에게 작은 부탁을 해둘 생각이야.

그리고 마지막으로 또 하나.

부디 모리사키 서점을 앞으로도 잘 부탁해. 당신과 내가 함께했던 증거가 여기 있어. 당신이 이 서점을 얼마나 사랑하는지 아는데, 당신 못지않게 나 역시 이곳을 아주 좋아해. 가능하면 조금만 더 여기에서 일하는 당신을 보고 싶었어. 누가 뭐래도 당신은 이 서점에 있을 때가 제일 반짝이니까. 물론 이건 그냥 나의 이기심이야. 그러니까 최소한 당신이 모리사키 서점과 함께 앞으로도 걸어가기를 바랄 뿐이야.

우리의, 그리고 수많은 사람의 추억이 담긴 이 서점을 앞으로도 사토루가 지켜줘.

모리사키 모모코

너무해. 이런 비장의 수법이 있었다면 일러줘도 됐잖아. 외삼촌이 서점을 닫으리라고 예상했을까. 아니면 보험이었을까. 그건 모르지만 아무튼 외삼촌과 모리사키 서점에 품은 애정이 문장에 아른거렸다. 여기에는 모모코 외숙모의 넘칠 듯한 마음이 담겼다. 그리고 나를 가리켜 '제일 좋아하는 사람'이라고 해줬고…….

"정말 곤란한 사람이라니까."

장부를 돌려주자 외삼촌은 씁쓸한 미소를 지었다.

"다카코, 이 사람이 너한테 뭔가 부탁한 게 있니? 부담스럽지는 않았어?"

"외삼촌, 이제 됐어요."

내가 말하자 외삼촌이 시치미를 떼듯이 눈을 동그랗게 뜨고 "뭐가?" 하고 웃었다.

"외숙모가 그랬어요. 잔뜩 슬퍼한 다음에 또다시 앞을 바라보며 살아달라고."

"다카코, 나는……."

외삼촌이 뭔가 말하려고 했지만 나는 무시하고 말을 이었다.

"저는 아무것도 해드릴 수 없어요. 아무것도 해드릴 수 없지만 같이 울 수는 있어요. 그러니까 이제 혼자서 슬퍼하지 마세요."

외삼촌은 가만히 견디는 것처럼 손에 든 장부를 바라보았다. 빤히, 오랫동안. 그 입술이 희미하게 떨리는가 싶더니 갑자기 짐승이 우는 듯한 비명을 질렀다. 공기를 모조리 다 쥐어짜는 것처럼 제대로 된 말이 되지 못한 소리를 냈다. 나는 외삼촌 곁으로 가 비쩍 마른 그 등을 쓰다듬었다. 외삼촌의 이런 모습을 보니까 단숨에 눈물이 차올랐다.

"모모코는, 병실에서 얼굴만 마주하면 고맙다고 말했어. 기분이 이상하니까 하지 말라고 해도 계속…… 마지막까지도……."

우리는 아무 거리낌 없이 울었다. 같이 큰 소리를 내엉엉 울었다. 외삼촌이 쓰러지듯이 그 자리에 쪼그려 앉아 얼굴을 감쌌다. 나는 그 옆에서 눈물이 바닥에 뚝뚝 떨어져도 아랑곳하지 않고 외삼촌의 등을 계속 쓰다듬었다.

우리의 오열이 한밤중의 서점에 메아리쳤다. 두 사람의 목소리가 실내에 울려 퍼져 공기가 덜덜 떨렸다.

마치 이 서점이 하나가 되어 모모코 외숙모의 죽음을 애도하는 것 같았다. 외숙모의 죽음을 함께 슬퍼하는 것 같았다.

우리는 마음껏 울고 또 울었다.

아무리 울어도 눈물은 마를 줄 몰랐다.

그 목소리가 언제까지나 서점을 울렸다.

밤은 길고 깊고, 우리를, 모리사키 서점을 다정하게 안아주었다.

"좋은 뉴스가 있어."

다음 날 밤, 모리사키 서점이 영업을 시작했다고 알려준 사람은 뜻밖에도 와다 씨였다.

휴대전화 너머의 와다 씨가 드물게도 흥분해서 "오늘 일이 일찍 끝나서 헌책방 거리에 들렀거든. 그랬더니 모리사키 서점에 불이 켜져 있더라고" 하고 힘차게 말했다.

"그렇구나."

아직 일하는 중이었던 나는 회사 복도에서 후유, 하고 안도 섞인 숨을 내쉬었다.

"어라, 별로 기뻐하지 않네. 모리사키 씨나 사부 씨한테 들어서 이미 알고 있었어?"

"아니야. 이제 괜찮다고 생각하고 있었거든. 아키라 씨, 일부러 알려줘서 고마워."

어젯밤 이후 바로 다음 날 서점을 열다니, 참 사토루 외삼촌답다. 나는 울어서 퉁퉁 부은 얼굴로 회사에 출근 하는 게 민망해서 혼났는데.

"그래? 아무튼 다행이야. 나도 꼭 내 일처럼 기뻐서 흥분했어. 게다가 내가 서점에 들어갔더니 모리사키 씨가 차를 내주고 장례식에 와줘서 고맙다고 했어."

"어, 진짜로?"

"그리고 이 서점을 무대로 한 소설을 쓰겠다고 했어. 그랬더니 완성하면 보여주러 오래. 재미없으면 엉터리라고 욕할 거래."

"뭐야, 그게. 너무하잖아."

나는 어이없어하며 말했다.

"아니야, 그래도 나는 기뻤어. 정말 기뻤어. 아무튼 정말 잘됐어, 다카코 씨."

"응."

어젯밤의 그 일이 왠지 꿈만 같다. 내가 문득 장부의 존재를 알아차린 순간 외삼촌이 나타나서……

역시 모모코 외숙모가 손을 쓴 것일까. 슬픔에 젖은 외삼촌을 걱정해서……. 그런 생각이 뇌리를 언뜻 스쳤으나 그 이상 생각하기를 그만두었다. 생각해 봤자 알 수 없다. 중요한 것은 앞으로도 우리가 앞을 바라보며 살아가는 것. 그뿐이다.

"아키라 씨, 나도 일 끝나면 그쪽에 가도 될까?"

"괜찮지만 모리사키 씨라면 벌써 퇴근하셨는데?"

"응. 그래도."

"그럼 스보루에서?"

"응."

"알았어."

창밖은 이미 칠흑처럼 어두웠다. 끝만 아주 조금 이지러진 커다란 달이 눈부신 빛을 내뿜었다.

16

쉬는 날을 맞아 나는 늘 다니는 익숙한 골목을 걸었다. 화창하지만 아직 추운 2월 오후. 하늘은 연한 물빛이고 수채 물감으로 그린 듯한 맑은 구름이 떠 있다. 모모코 외숙모가 떠 준 장갑이 따뜻했다.

오늘도 헌책방 거리에는 평소처럼 차분한 분위기가 감돈다. 기분 탓일까. 지나가는 사람들의 발걸음도 느긋해 보였다. 나는 낮은 건물이 이어지는 거리를 걷다가 골목으로 들어갔다. 그러자 역시, 예상한 대로 내 이름을 부르는 큰 목소리가 들렸다.

"다카코!"

부끄러워진 나는 발걸음을 재촉해 목소리의 주인에게 다가가 따졌다.

"그러니까 길에서 사람 이름을 큰 소리로 부르지 좀 마시라고요."

"왜?"

"부끄러우니까요."

아무리 지적해도 외삼촌은 매번 이런 식이라니까. 참 곤란한 사람이다. 그래도 그 목소리를 들으면 안심되는 구석도 있다. 이곳은 나를 받아주는 곳이라고, 언제나 나를 환영해 주는 장소가 여기에 있다고, 그렇게 생각할 수 있으니까.

"잘 지내지?"

외삼촌이 생글생글 함박웃음을 지으며 물었다.

"네, 잘 지내죠."

"그거 좋구나. 춥지? 따뜻한 차로 몸 좀 녹이자."

"네."

그날 이후로 모리사키 서점은 말끔하게 정상영업 중이다. 매일 아침부터 밤까지. 예전과 다름없이.

외삼촌은 서점을 막 다시 열었을 때 "어쩌지, 한 달 넘

게 쉬어서 수입이 0원이야"라며 울먹였는데, 약한 소리를
하거나 말거나 문을 열고 얼마 지나지 않아 소소한 소동
이 벌어졌다. 소문을 들은 단골들이 사부 씨를 필두로 매
일 연달아 찾아왔다. 외삼촌이 다시 문을 열고 제일 먼저
해야 했던 일은 그들에게 그저 고개를 숙이는 것이었다.
물론 기뻐하면 기뻐했지, 화내는 사람은 손님 중에 아무
도 없었지만.

수많은 단골의 따뜻한 환영을 받은 외삼촌은 정말 기
뻐 보였다. 그 표정에서, 따로 묻지 않아도 이제 걱정할
필요가 없다는 걸 충분히 알 수 있었다. 물론 모모코 외숙
모의 죽음은 절대로 극복할 수 없다. 앞으로도 슬픔이 완
전히 치유되는 일은 없다. 그래도 외삼촌은 이제 앞으로
나아가기로 결심했다. 슬픔도 전부 이끌고서 앞으로 가겠
다고 했다.

또 나에게도 약간 변화가 있었다. 와다 씨와 곧 결혼하
기로 약속했다. 이미 양가 부모님에게 인사를 마쳤고, 지
금은 둘이서 신혼집을 찾는 중이다.

사실 오늘은 그와 관련해 보고도 할 겸 서점을 찾았다.
그런데 외삼촌도 참. 여전히 와다 씨에게 적대감을 보이

며 내가 은근슬쩍 '와다'라는 이름을 꺼내기만 해도 "전자
책 열풍이나 출판업계의 불황 때문에 앞으로 헌책방 업계
가 어떻게 될까"라며 갑자기 진지하기 짝이 없는 소리를
하니 곤란하다.

"어휴, 이 사람, 이런 면은 정말이지 짜증 나지 않니?"

모모코 외숙모가 여기 있다면 100퍼센트 그렇게 말했
겠지. 바로 옆에 외숙모도 앉아서 같이 차를 마시는 기분
까지 들었다.

"뭐, 그게 외삼촌이라는 사람이니까요."

내가 틀림없이 옆에 앉아 있을 모모코 외숙모에게 쓴
웃음을 지어 보이자, 외삼촌이 멍한 표정으로 "응? 뭐
야?" 하고 물었다.

"아무것도 아니에요."

나는 웃으며 얼버무렸다.

"참, 전에 같이 여름 축제에 갔던 거 기억해요?"

"여름 축제?"

"네, 제가 어렸을 때 우리 둘이 축제에 갔던 적 있잖아
요."

"아아, 그런 적도 있었지. 축제 노래가 들리니까 네가

꼭 가고 싶다고 고집을 부려서."

"맞아요. 그래서 편의점에서 아이스크림을 먹고 돌아왔어요."

"그랬지, 그랬어. 그거 슬펐지." 외삼촌은 그때 생각이 나는지 작게 웃었다. "그런데 갑자기 그건 왜?"

"외숙모가 병실에서 뭔가 이야기를 들려달라고 하셔서 그날 밤 얘기를 했거든요."

"그래?"

"외숙모가 자기도 거기 있으면 좋았겠다고 하셨어요."

"응."

"그때가 지금도 자주 생각나요."

"그러니?"

"응, 그게 다예요."

우리는 동시에 차를 마셨다. 나는 그때 모모코 외숙모의 표정을 떠올렸다. 외삼촌은 외삼촌대로 뭔가 생각났는지, 입가에 희미한 미소가 번졌다.

그렇게 둘이 추억에 잠겼는데, 조심스러운 소리와 함께 문이 열려서 그쪽을 돌아보았다.

"어라?"

무심코 소리가 나왔다. 미닫이문 사이로 고개를 불쑥 내민 것은 그 수수께끼의 단골, 종이봉투 할아버지였다. 굉장히 오랜만의 방문이었다.

할아버지는 책이 잔뜩 든 종이봉투를 들고 여느 때와 같은 표정으로 서점에 들어왔는데, 나는 그 모습을 잡아먹을 것처럼 바라보았다. 왜냐하면 할아버지의 스웨터가 고대 유적 느낌의 스웨터가 아니었으니까! 색은 예전 것처럼 회색이었지만, 정면에 사슴 얼굴이 커다랗게 짜인 몹시 화려한 물건이었다. 게다가 올 풀린 데가 하나도 없는 새 옷이라니.

더욱 놀랍게도 할아버지는 선반을 훑고 책 몇 권을 계산대로 가지고 오더니 "뭐야, 멀쩡히 영업하고 있구려" 하고 외삼촌에게 말을 걸었다.

지금까지 어떤 일이 있어도 단 한 번도 입을 열지 않은 분인데. 외삼촌도 조금 놀란 반응을 보였다.

"아이고, 정말 죄송합니다. 한동안 쉬었거든요."

외삼촌은 금세 머리를 벅벅 긁으며 면목 없다는 듯이 사과했다.

"망한 줄 알았네."

나직한 목소리로 웅얼웅얼 말한 할아버지는, 외삼촌의 대답도 기다리지 않고 책을 받아 빵빵한 종이봉투에 욱여넣더니 서점에서 훌쩍 나가버렸다.

　나와 외삼촌은 할아버지에게 이끌리듯이 서점에서 나가, 비틀비틀 불안한 발걸음으로 멀어지는 할아버지를 나란히 서서 배웅했다.

　"할아버지, 건강하셨네요."

　예상치 못한 손님이 와서 기뻐진 나는 외삼촌에게 말했다. 할아버지는 점점 멀어져서 이윽고 보이지 않게 되었다. 밖은 춥고 바람도 차가웠지만 부드러운 오후 햇살이 골목을 밝게 물들였다.

　"그래, 다행이지."

　"쉬는 동안에도 분명 여기 오셨을 거예요."

　"응. 이거 너무 죄송한데."

　"스웨터가 새것이었죠."

　"새것이었지."

　"화려했고요."

　"화려했지."

　"원래 옷이 더는 입을 수 없어져서 새로 사신 걸까요?"

"다카코."

"미안. 알아요. 탐색하지 말 것, 말이죠?"

"그래."

외삼촌은 힘차게 고개를 끄덕이고, 마치 자기 자신에게 들려주는 것처럼 이렇게 말했다.

"여기는 책을 파는 가게니까."

그 얼굴이 환했다. 어딘지 자랑스러워 보였다.

내가 좋아하는 어떤 작가는 작품에 이런 말을 남겼다.

인간은 많은 것을 잊는다. 잊으면서 살아간다. 그러나 인간의 마음이란, 모래에 흔적을 남기는 파도처럼 언제까지나 남는다.

그러면 좋겠다고, 진심으로 생각한다. 이 말은 내게 아주 커다란 희망이 되어준다.

먼 하늘을 비행기가 지나가며 그 뒤로 이제 막 생긴 비행기구름을 남겼다.

"외삼촌, 저기 봐요. 비행기구름."

내가 하늘을 가리키자 외삼촌도 고개를 들고 "오호라"

하며 눈을 가늘게 떴다.

비행기구름이 쭉쭉 늘어나 물빛 하늘에 또렷한 하얀 선을 끝없이 그렸다.

이곳은 도쿄의 헌책방 거리에 있는 자그마한 서점.

여기에는 소소한 이야기가 가득 있다.

수많은 사람의 마음 또한, 이 서점에 담겨 있다.

옮긴이 **이소담** | 동국대학교에서 철학 공부를 하다가 일본어의 매력에 빠졌다. 읽는 사람에게 행복을 주는 책을 우리말로 아름답게 옮기는 것이 꿈이고 목표다. 지은 책으로 『그깟 '덕질'이 우리를 살게 할 거야』가 있고, 옮긴 책으로는 '지옥 초등학교', '십 년 가게' 시리즈를 비롯해 『밤하늘에 별을 뿌리다』 『어떤 은수를』 『양과 강철의 숲』 『가만히 손을 보다』 등이 있다.

비 그친 오후의 헌책방 2

초판 1쇄 인쇄 2024년 10월 29일
초판 1쇄 발행 2024년 11월 8일

지은이 야기사와 사토시
옮긴이 이소담
펴낸이 김선식

부사장 김은영
콘텐츠사업본부장 임보윤
기획편집 이승환 **책임마케터** 배한진
콘텐츠사업3팀장 이승환 **콘텐츠사업3팀** 김한솔, 권예진, 이한나
마케팅본부장 권장규 **마케팅2팀** 이고은, 배한진, 양지환 **채널팀** 권오권, 지석배
미디어홍보본부장 정명찬 **브랜드관리팀** 오수미, 김은지, 이소영, 박장미, 박주현, 서가을
뉴미디어팀 김민정, 이지은, 홍수경, 변승주
지식교양팀 이수인, 염아라, 석찬미, 김혜원
편집관리팀 조세현, 김호주, 백설희 **저작권팀** 이슬, 윤제희
재무관리팀 하미선, 임혜정, 이슬기, 김주영, 오지수
인사총무팀 강미숙, 김혜진, 황종원
제작관리팀 이소현, 김소영, 김진경, 최완규, 이지우, 박예찬
물류관리팀 김형기, 김선민, 주정훈, 김선진, 한유현, 전태연, 양문현, 이민운
외부스태프 디자인 studio forb 표지 그림 시현

펴낸곳 다산북스 **출판등록** 2005년 12월 23일 제313-2005-00277호
주소 경기도 파주시 회동길 490 **전화** 02-704-1724 **팩스** 02-703-2219
이메일 dasanbooks@dasanbooks.com **홈페이지** dasan.group **블로그** blog.naver.com/dasan_books
종이 스마일몬스터 **인쇄** 상지사피앤비 **코팅·후가공** 평창피엔지 **제본** 국일문화사

ISBN 979-11-306-5801-8 (03830)

다산북스(DASANBOOKS)는 독자 여러분의 책에 관한 아이디어와 원고 투고를 기쁜 마음으로 기다리고 있습니다.
책 출간을 원하는 아이디어가 있으신 분은 다산북스 홈페이지 '원고투고'란으로 간단한 개요와 취지, 연락처 등을 보내주세요.
머뭇거리지 말고 문을 두드리세요.